英文口說
寫作表達
大不同

Speaking x Listening
Writing x Reading

英語
說寫
課

User's Guide 使用說明

口語會話 & 寫作表達，一次精準學習，同時精進英語力

精心左右頁對照學習設計，差異性一目了然！

＊實境對話設計＊

嚴選生活中最常發生的場景，用短對話模擬實境，能清楚知道該情境適合說什麼，正確地說道地英語。

＊日常口語就醬用＊

拓展每一實境場合還有哪些口語會話可以延伸使用，隨時都能輕鬆烙英文，還能豐富聊天內容。

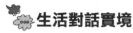

🌧️ 生活對話實境

A: *See you tomorrow.*
　明天見。

B: See you.
　再見。

口語
Have a *nice* day.
I'd better go.
See you next week!
See you.
Take *care*.
Do you want another cup?
Hope to see you again.

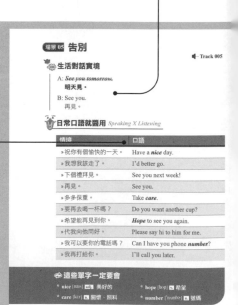

場景 05 告別　◀ Track 005

🌧️ 生活對話實境
A: *See you tomorrow.*
　明天見。
B: See you.
　再見。

日常口語就醬用 *Speaking X Listening*

情境	口語
» 祝你有個愉快的一天。	Have a *nice* day.
» 我想我該走了。	I'd better go.
» 下個禮拜見。	See you next week!
» 再見。	See you.
» 多多保重。	Take *care*.
» 要再去喝一杯嗎？	Do you want another cup?
» 希望能再見到你。	*Hope* to see you again.
» 代我向他問好。	Please say hi to him for me.
» 我可以要你的電話嗎？	Can I have you phone *number*?
» 我再打給你。	I'll call you later.

💬 這些單字一定要會
* nice [naɪs] **adj.** 美好的　　* hope [hop] **v.** 希望
* care [kɛr] **n.** 關懷、照料　　* number [ˋnʌmbɚ] **n.** 號碼

寫作運用

利用短文書寫，快速理解正規的英文寫作時該怎麼用，半時閱讀、寫日記、文章、E-mail或是考試時的寫作，都難不倒。

寫作運用

I have a good time tonight. ***I suppose I need to leave now. Let's meet in the coming week! Wish you have a pleasant day. I will give you a ring.*** Take care.

我今天晚上過得很愉快。**我想我該走了。下個禮拜再見吧。祝你今天過得愉快。我再打電話給你。**保重！

寫作閱讀要這樣用

不論是寫作表達、閱讀文章，每一主題給你更多好用的正規句子，讀寫都能通，亦能輕鬆完成正式的應答場合。

寫作運用

I have a good time tonight. *I suppose I need to leave now. Let's meet in the coming week! Wish you have a pleasant day. I will give you a ring.* Take care.

我今天晚上過得很愉快。**我想我**
祝你今天過得愉快。我再打電話給

寫作閱讀要這樣用 *Writing X R*

» Wish you have a *pleasant* day.
» I *suppose* I need to leave now.
» Let's meet in the coming week!
» I'll be seeing you. 再見。
» Please take care of yourself. 多
» Would you like to go for another
» I am looking forward to seeing y
» Please *remember* me to him. 代
» Would you mind giving me your 我可以要你的電話嗎？
» I will give you a *ring*. 我再打給你。

» Wish you have a ***pleasant*** day.　祝你有個愉快的一天。

» I ***suppose*** I need to leave now.　我想我該走了。

» Let's meet in the coming week!　下個禮拜見。

» I'll be seeing you.　再見。

» Please take care of yourself.　多多保重。

» Would you like to go for another drink?　要再去喝一杯嗎？

這些單字一定要會

關鍵單字同步記憶，有效擴充單字量，聽說讀寫大幅進步。

這些單字一定要會
* *pleasant* ['plɛznt] adj. 令人愉
* *suppose* [sə'poz] v. 假設

* **remember** [rɪ'mɛmbɚ] **v.** 記住
* **ring** [rɪŋ] **n.** 鈴聲

Preface 作者序

英語的溝通方式，不外乎口說及書寫！但為什麼同一句話，「說出口」和「動筆寫」兩者不能通用，差別到底在哪裡？

口語可以輕鬆隨興，但英文寫作卻要字字斟酌！

通常想要提升或加強英語會話能力，只要掌握：一，口語平易近人；二，直覺式、毫不費力的表達感受或想法即可一句子無需創新，也不用給大腦太多的組裝工作。只要透過固定的「生活慣用語」，直接以句子為單位，即能輕鬆又接地氣的用英文口語來溝通；亦即在口語中，使用的英文通常較簡短，並不會特別強調文法的正確性。

英文口語稍縱即逝，說完了什麼痕跡也不會留下；但寫作不一樣。寫作是永久紀錄，而且在寫作中因無法與對方直接交流，所以需使用完整的句子及正確的文法，才顯得比較正式，以表尊重，同時減少誤會產生。也因此，英文的口語溝通和寫作表達，很多時候是不同的兩回事。

我曾經看過不少的例子：明明英文口語講得很不錯，但在平時或考試時，寫作卻拿不到高分；或是一開口烙英文，常讓人覺得咬文嚼字……這些都是因為沒有正確地使用英文。

雖然都是英文，但同一句話，在口語會話與寫作裡，卻還是大有區別的喔！

✎ 為什麼不可以用一樣的句子表達就好？

在口語會話中，使用的英文通常較簡短、不會特別強調文法，而且由於是面對面，所以通常使用較簡短的單詞或句子就能溝通。但是在文章與寫作中，因為無法與對方直接進行交流，所以要使用完整的句子，才顯得比較正式、尊重，也可以減少誤解產生。

✎ 為什麼要一起學，不怕混淆嗎？

這一次的學習架構設計，特別用對照的方式，將口語會話與寫作表達分別置於左右兩頁，可以清楚比較同一個意思但不同用法的差異，絕對會比分開學習還要深刻；兩種用法一起學，其實是更有效率的方式！

全書以「引導式學習」的理念出發。在口語的部份，先用一則短對話帶領學習者進入學習情境，再自然地拓展學習相關會話，搭配外師語音檔，想要練好英文口語絕對沒問題！閱讀寫作的部份，則是先讓讀者閱讀一小段文章，再進入正式的英文寫作單句學習；先學會寫作的最小元素，再組合深入發揮就容易多了，同時由淺入深，也不會對寫作心生恐懼。

英文口語跟寫作一起學習，絕對是你英文力同時大躍進的契機！想要口說隨興、寫作流利，《英語說寫課》一定能讓你事半功倍。

Contents 目錄

Part 3 生活日常 篇

📖 Chapter 1 作息起居

🗒 Chapter 4 突發狀況

Part 5 商業用語 篇

🗒 Chapter 1 公司文化

🗒 Chapter 2 客戶往來

Part 1

人際 社交

篇

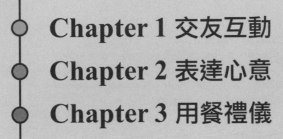

Chapter 1 交友互動

Chapter 2 表達心意

Chapter 3 用餐禮儀

Part 1 音檔雲端連結

因各家手機系統不同，若無法直接掃描，
仍可以至以下電腦雲端連結下載收聽。
(https://tinyurl.com/4tet7xp6)

場景 01 打招呼

🔊 **Track 001**

🌸 **生活對話實境**

A: I'm the general manager of HAOHAI Group., John Wang, ***nice to meet you***.
很高興認識您，我是浩海集團總經理，王約翰。

B: Nice to meet you too, ***I've heard so much about you.***
我也很高興認識您，**久仰大名**。

 日常口語就醬用 *Speaking X Listening*

情境	口語
»早安。	Morning.
»你好！	Hello!
»日安！	Good day.
»很高興認識你。	***Nice*** to meet you.
»非常榮幸見到您。	***Glad*** to meet you.
»久仰大名。	I've heard so much about you.
»很高興又見到你。	Nice to see you ***again***.
»最近怎麼樣？	How's it going?
»我很好，謝謝。你呢？	I'm ***fine***. Thanks. How about you?
»今天天氣很好。	What a nice day!

🍬 **這些單字一定要會**

* nice [naɪs] **adj.** 美好的
* again [naɪs] **adv.** 再一次
* glad [glæd] **adj.** 高興的、樂意的
* fine [faɪn] **adj.** 好的、優良的

寫作運用

Dear Diary, I am finally going to meet Johnson. ***The weather is fine today***, just like how I am feeling right now. ***I have long been looking forward to meeting him***. I hope Johnson will have a good impression on me.

親愛的日記：我終於要跟強森見面了，**今天的天氣很好**，就像我現在的心情一樣，**我很期待要跟他見面**，我希望我能讓強森留下個好印象。

 寫作閱讀要這樣用 *Writing X Reading*

» Good morning. 早安

» How do you do? 你好！

» Greetings! 日安

» It is a great ***pleasure*** to meet you. 很高興認識你。

» It is an ***honor*** to meet you. 非常榮幸見到您。

» I have long been looking forward to meeting you. 久仰大名。

» It is a great pleasure to see you again. 很高興又見到你。

» How are you doing ***recently***? 最近怎麼樣？

» I am doing well. Thank you. How are you getting along? 我很好，謝謝。你呢？

» The ***weather*** is fine today. 今天天氣很好。

這些單字一定要會

* pleasure [ˋplɛʒɚ] **n.** 令人高興的事
* honor [ˋɑnɚ] **n.** 榮譽
* recently [ˋrisn̩tlɪ] **adv.** 最近、近來
* weather [ˋwɛðɚ] **n.** 天氣、氣象

場景 02 好久不見

🗨 生活對話實境

A: ***How come I never see you?***
　　最近怎麼都沒見到你？

B: **I'm busy looking after my son.**
　　我忙著照顧我兒子。

 日常口語就醬用 *Speaking X Listening*

情境	口語
»好久不見。	Long time no see.
»好幾個月沒見了。	It's been ***months***.
»又見到你真好。	Happy to see you again.
»最近怎麼都沒見到你？	How come I never see you?
»這些年你都在忙些什麼？	What have you been busy with?
»真高興又見到你了。	It is great to see you again.
»真沒想到會在這兒遇到你。	***Fancy*** meeting you here.
»在這兒碰到你真巧。	What a small world!
»聽說你在貿易公司上班。	I heard that you worked in a ***commercial*** firm.
»你生意做得怎麼樣？	How's ***business***?

🔑 這些單字一定要會

* **month** [mʌnθ]
　　n. 月、一個月的時間

* **commercial** [kə`mɝʃəl]
　　adj. 廣告的、商業的

* **fancy** [`fænsɪ] **v.** 驚訝；驚奇

* **business** [`bɪznɪs] **n.** 生意

寫作運用

Ken is one of my best friends. We are both busy. ***It has been a long time since we met last time. It is said that he works in a trading company.*** His birthday is coming, so I'm going to invite him out to dinner.

　　肯是我其中一個好友。我們兩個都很忙。**自從我們上次見面後，我們已經好久不見。聽說他在貿易公司上班。**他的生日快到了，所以我今晚會請他出來吃晚餐。

寫作閱讀要這樣用 *Writing X Reading*

» It has been a long time since we met last time.　好久不見。

» We have not seen each other for several months.
好幾個月沒見了。

» It is wonderful to meet you again.　又見到你真好。

» You haven't been around much lately, have you?
最近怎麼都沒見到你？

» How are you getting along during the past years?
這些年你都在忙些什麼？

» It is an ***absolute delight*** to see you again.　真高興又見到你了。

» I never ***expected*** to see you here.　真沒想到會在這兒遇到你。

» What a ***coincidence*** to meet you here.　在這兒碰到你真巧。

» It is said that you work in a trading company.
聽說你在貿易公司上班。

» How is your business going?　你生意做得怎麼樣？

這些單字一定要會

* **absolute** [ˈæbsəˌlut]
adj. 絕對的、完全的

* **delight** [dɪˈlaɪt] **n.** 高興

* **expect** [ɪkˈspɛkt] **v.** 期望、預期

* **coincidence** [koˈɪnsɪdəns]
n. 巧合、同時發生

場景 03 自我介紹

🌰 **生活對話實境**

A: Where are you from?
　　你從哪裡來？

B: ***I'm from Taiwan.***
　　我來自臺灣。

 日常口語就醬用 *Speaking X Listening*

情境	口語
» 我介紹一下自己。	Let me introduce myself.
» 我可以介紹一下自己嗎？	May I ***introduce*** myself?
» 我還在念書。	I'm still at school now.
» 我以後想當老師。	I want to be a teacher later.
» 我來自臺灣。	I'm from Taiwan.
» 我是莉莉。	I'm Lily.
» 我喜歡衝浪。	I like to ***surf***.
» 我是獨生子。	I'm an only child.
» 我是一名上班族。	I'm an ***officer***.
» 我很會唱歌。	I'm ***good at*** singing.

🐹 **這些單字一定要會**

* **introduce** [ˌɪntrəˈdjus] **v.** 介紹
* **surf** [sɝf] **v.** 衝浪
* **officer** [ˈɔfəsə] **n.** 軍官、公務員
* **be good at** [bɪ ɡud æt] **ph.** 擅長

寫作運用

Dear Jack,

Please allow me to introduce myself. My name is Lily. I'm still a student right now. I'm the only child of my family. I'm fond of surfing and playing basketball. Maybe we can play basketball together.

傑克你好，

請允許我介紹自己。我叫莉莉。我目前還在念書。我是獨生女。我喜歡衝浪和打籃球。也許我們能一起去打籃球。

 寫作閱讀要這樣用 *Writing X Reading*

> Please ***allow*** me to introduce myself.　我介紹一下自己。

> May I introduce myself to you?　我可以介紹一下自己嗎？

> I'm still a student right now.　我還在念書。

> I look forward to being a teacher later.　我以後想當老師。

> I come from Taiwan.　我來自臺灣。

> My name is Lily.　我是莉莉。

> I'm fond of surfing.　我喜歡衝浪。

> I'm the only child of my ***family***.　我是獨生子。

> I ***conduct*** my daily work in an office.　我是一名上班族。

> I'***m skilled in*** singing songs我很會唱歌。

這些單字一定要會

* allow [əˋlaʊ] **v.** 允許、認可
* family [ˋfæməlɪ] **n.** 家庭、家族
* conduct [ˋkɑndʌkt] **v.** 引導、帶領
* be skilled in [bɪ skɪld ɪn] **ph.** 技能、對……熟練

🔊 **Track 004**

 生活對話實境

A: ***Did you meet Bob?***
　　你還沒機會認識鮑伯吧？

B: No, I didn't.
　　不，我不認識。

👄 **日常口語就醬用** *Speaking X Listening*

情境	口語
» 你還沒機會認識鮑伯吧？	Did you meet Bob?
» 你見過鮑伯了嗎？	Have you met Bob, yet?
» 這是卡蘿。	This is Carol.
» 她很擅長做菜喔！	She is good at cooking.
» 我們以前是同事。	We once worked together.
» 這是我的朋友吉姆。	This is my ***friend***, Jim.
» 他對攝影很有興趣。	He's fond of taking photos.
» 我很榮幸向大家介紹布朗先生。	Let's ***welcome*** Mr. Brown.
» 布朗先生在銷售業工作。	Mr. Brown is a ***salesman***.
» 他是我的大學同學。	He is my college ***classmate***.

🍬 **這些單字一定要會**

* **friend** [frɛnd] **n.** 朋友、友人

* **welcome** [ˋwɛlkəm] **v.** 歡迎

* **salesman** [ˋselzmən] **n.** 推銷員

* **classmate** [ˋklæsˏmet] **n.** 同學

寫作運用

Have you got the chance to meet Bob yet, Amy? *We used to work in the same company. He is quite skilled in making dishes.* I know you are fond of it, too. You guys will get along well.

你還沒機會認識鮑伯吧，愛咪？我們以前是同事。他很擅長做菜喔！我知道妳也愛烹飪。你們兩個一定能相處融洽。

 寫作閱讀要這樣用 *Writing X Reading*

» Have you got the *chance* to meet Bob yet?
你還沒有機會認識鮑伯吧？

» Are you *acquainted* with Bob? 你見過鮑伯了嗎？

» May I introduce Carol? 這是卡蘿。

» She is quite skilled in making dishes. 她很擅長做菜喔！

» We used to work in the same *company*. 我們以前是同事。

» Let me introduce my friend, Jim. 這是我的朋友吉姆。

» He is interested in *photography*. 他對攝影很有興趣。

» I am honored to present Mr. Brown.
我很榮幸向大家介紹布朗先生。

» Mr. Brown works in sales. 布朗先生在銷售業工作。

» He was a classmate of mine in the college.
他是我的大學同學。

這些單字一定要會

* **chance** [tʃæns] **n.** 機會
* **acquainted** [əˈkwentɪd] **adj.** 熟識的
* **company** [ˈkʌmpənɪ] **n.** 公司
* **photography** [fəˈtɑgrəfɪ] **n.** 攝影

場景 05 告別

🌿 生活對話實境

A: ***See you tomorrow.***
明天見。

B: See you.
再見。

 日常口語就醬用 *Speaking X Listening*

情境	口語
» 祝你有個愉快的一天。	Have a ***nice*** day.
» 我想我該走了。	I'd better go.
» 下個禮拜見。	See you next week!
» 再見。	See you.
» 多多保重。	Take ***care***.
» 要再去喝一杯嗎？	Do you want another cup?
» 希望能再見到你。	***Hope*** to see you again.
» 代我向他問好。	Please say hi to him for me.
» 我可以要你的電話嗎？	Can I have you phone ***number***?
» 我再打給你。	I'll call you later.

🐢 這些單字一定要會

* **nice** [naɪs] **adj.** 美好的
* **care** [kɛr] **n.** 關懷、照料
* **hope** [hop] **v.** 希望
* **number** [ˈnʌmbɚ] **n.** 號碼

寫作運用

I have a good time tonight. ***I suppose I need to leave now. Let's meet in the coming week! Wish you have a pleasant day. I will give you a ring.*** Take care.

我今天晚上過得很愉快。**我想我該走了。下個禮拜再見吧。祝你今天過得愉快。我再打電話給你。**保重！

寫作閱讀要這樣用 *Writing X Reading*

» Wish you have a ***pleasant*** day.　祝你有個愉快的一天。

» I ***suppose*** I need to leave now.　我想我該走了。

» Let's meet in the coming week!　下個禮拜見。

» I'll be seeing you.　再見。

» Please take care of yourself.　多多保重。

» Would you like to go for another drink?　要再去喝一杯嗎？

» I am looking forward to seeing you again.　希望能再見到你。

» Please ***remember*** me to him.　代我向他問好。

» Would you mind giving me your phone number?
我可以要你的電話嗎？

» I will give you a ***ring***.　我再打給你。

🌀 這些單字一定要會

* **pleasant** [ˈplɛznt] **adj.** 令人愉快的　　* **remember** [rɪˈmɛmbə] **v.** 記住
* **suppose** [səˈpoz] **v.** 假設　　* **ring** [rɪŋ] **n.** 鈴聲

場景 06 拜訪朋友

 Track 006

生活對話實境

A: ***It's just a small gift.***
這是我們的一點心意。

B: Thank you! I appreciate it.
真是太感謝您了。

日常口語就醬用 *Speaking X Listening*

情境	口語
» 非常感謝你的邀請。	Thanks for having me here.
» 這是一點小小的心意。	It's just a small *gift*.
» 請問有人在嗎？	Anybody home?
» 最近都在忙些什麼？	What have you been *up to* these days?
» 我帶了要給你看的東西。	I brought something for you to see.
» 這盒蛋糕是給你的，吃吃看。	This cake is for you; try it.
» 你的小孩都這麼大啦。	How your child has grown up!
» 我很喜歡你的公寓。	I love your *apartment*.
» 你做的東西真好吃。	Your dishes are *delicious*.
» 巴克先生向你問好。	Mr. Buck says hi.

這些單字一定要會

* **gift** [gɪft] **n.** 禮物
* **up to** [ʌp tə] **ph.** 忙於
* **apartment** [ə`partmənt] **n.** 公寓房間
* **delicious** [dɪ`lɪʃəs] **adj.** 美味的

寫作運用

Thank you for inviting me today, Mr. Brown. *I brought you a cake, try it. It's a little token of my appreciation. I am very fond of your apartment.* I hope I can visit you again.

非常感謝你的邀請，布朗先生。這盒蛋糕帶來給你嚐嚐。這是我的一點心意。我很喜歡你的公寓。希望下次能再拜訪。

寫作閱讀要這樣用 *Writing X Reading*

» Thank you for *inviting* me today. 非常感謝你的邀請。

» It's a little *token* of my appreciation. 這是一點小小的心意。

» Excuse me; is there anyone in the house? 請問有人在嗎？

» What are you doing recently? 最近都在忙些什麼？

» I brought something you would like to see.
我帶了要給你看的東西。

» I brought you a cake, try it. 這盒蛋糕是給你的，吃吃看。

» How much your child has grown! 你的小孩都這麼大啦。

» I am very fond of your apartment. 我很喜歡你的公寓。

» What *delectable* food you cook! 你做的東西真好吃。

» Mr. Buck sends his *regards*. 巴克先生向你問好。

這些單字一定要會

* **invite** [ɪnˋvaɪt] **v.** 邀請
* **token** [ˋtokən] **n.** 表徵
* **delectable** [dɪˋlɛktəbl] **adj.** 美味的
* **regard** [rɪˋgɑrd] **n.** 注意尊重

場景 **07** 相約友人

🌰 生活對話實境

A: ***Are you free this weekend?***
這個週末你有空嗎？

B: Yeah, what's up?
有啊，怎麼了嗎？

 日常口語就醬用 *Speaking X Listening*

情境	口語
» 一起吃晚飯怎麼樣？	How about having ***dinner*** together?
» 要不要去看棒球賽？	Why don't we go to a baseball game?
» 這個週末你有空嗎？	Are you free this ***weekend***?
» 就約在那間咖啡廳吧。	Let's meet at that ***coffee*** shop.
» 你到時可以來嗎？	Can you come then?
» 一定要來喔！	Do come!
» 有空來坐坐。	Come ***around*** any time.
» 要來我家坐坐嗎？	Do you want to drop in on me?
» 你明天可以來我家喔。	You may come to my house tomorrow.
» 星期一可以嗎？	How about Monday?

🍬 這些單字一定要會

* **dinner** [ˈdɪnɚ] **n.** 晚餐
* **weekend** [ˈwiˈkɛnd] **n.** 週末
* **coffee** [ˈkɔfɪ] **n.** 咖啡
* **around** [əraʊnd] **adv.** 在周圍

寫作運用

Dear Mark,

Would you be available this weekend? Let's have dinner together. How about meeting at that coffee house? Be sure to come! I want to share some good news with you. If you can't come, I will be disappointed.

親愛的馬克：

這個週末你有空嗎？一起吃晚飯怎麼樣？就約在那間咖啡廳吧。你一定要來喔！我有好消息要和你分享。如果你不能來，我會很失望。

 寫作閱讀要這樣用 *Writing X Reading*

» Let's have dinner ***together***. 一起吃晚飯怎麼樣？

» How do you feel about going to a ***baseball*** game?
要不要去看棒球賽？

» Would you be ***available*** this weekend? 這個週末你有空嗎？

» How about meeting at that coffee house? 就約在那間咖啡廳吧。

» Would we have the pleasure of having your visit?
你到時可以來嗎？

» Be sure to come! 一定要來喔！

» Feel free to come around anytime. 有空來坐坐。

» Would you like to come to visit my house? 要來我家坐坐嗎？

» You may ***drop in*** my house tomorrow. 你明天可以來我家喔。

» Are you free on Monday? 星期一可以嗎？

🌸 這些單字一定要會

* **together** [tə`gɛðɚ] **adv.** 一起、同時

* **available** [ə`veləbl] **adj.** 有效的、可得的

* **baseball** [`bes,bɔl] **n.** 棒球

* **drop in** [drɑp ɪn] **ph.** 順便走訪

場景 08　婉拒邀約

🌱 生活對話實境

A: ***Anytime except this Sunday.***
除了這個星期天，什麼時間都可以。

B: OK, how about this Wednesday then?
我知道了，那這個星期三可以嗎？

 日常口語就醬用 *Speaking X Listening*

情境	口語
» 週三前我都沒空。	I won't be free ***till*** Wednesday.
» 除了這個星期天，什麼時間都可以。	Anytime ***except*** this Sunday.
» 我想必須改期了。	I think I'll have to give you a rain check.
» 我一整天都會很忙。	I am up to my neck.
» 對不起，我有其他事要做。	Sorry, I'm ***tied up***.
» 禮拜五可能不行。	Friday may not be OK.
» 可以換個地方嗎？	Can we change to ***somewhere*** else?
» 我很想，但真的不行。	I wish I could, but I can't.
» 不舒服。	I'm ill.
» 我比較想去看電影。	I rather to see a film.

🐌 這些單字一定要會

* **till** [tɪl] **prep.** 直到

* **expect** [ɪkˋspɛkt] **v.** 期待

* **tie up** [taɪ ʌp] **ph.** 佔用、阻礙

* **somewhere** [ˋsʌmͺhwɛr] **n.** 某個地方

寫作運用

I'd like to go out to lunch with you. ***I would love to, but I won't be able to make it. Sorry, I have other plans. I will be busy all day long.*** Can we change to tomorrow? I am free tomorrow.

　　我真的想和你吃午餐。我很想，但真的不行。對不起，**我有事要做。我一整天都會很忙。**我們可以改到明天嗎？我明天有空。

 寫作閱讀要這樣用 *Writing X Reading*

» My ***schedule*** is full until Wednesday.　週三前我都沒空。

» I would be free on any other day but Sunday.
除了這個星期天，什麼時間都可以。

» I think we have to ***rearrange*** for some other day.
我想必須改期了。

» I will be busy all day long.　我一整天都會很忙。

» Sorry, I have made other plans.　對不起，我有其他事要做。

» Friday may not be ***available***.　禮拜五可能不行。

» Would you mind turning to another place?　可以換個地方嗎？

» I would love to, but I won't be able to make it.
我很想，但真的不行。

» I do not feel well.　我不舒服。

» I prefer to see a ***film***.　我比較想去看電影。

這些單字一定要會

* schedule [ˈskɛdʒʊl] **n.** 時間表
* rearrange [ˌriəˈrendʒ] **v.** 更改、重新安排
* available [əˈveləbl] **adj.** 空閒的
* film [fɪlm] **n.** 電影

···Track 009

生活對話實境

A: *He is into cooking*, and he is learning to do Thai cuisine.
他對做飯可著迷了,他在學做泰式料理。

B: Wow, he is so talented. I've never been good at cooking though.
哇,他還真是有才華。我對料理可是一竅不通的。

日常口語就醬用 *Speaking X Listening*

情境	口語
» 你有空都在做什麼?	What do you do when you are free?
» 我熱愛電影。	I am a movie *fan*.
» 這部新片是一本小説改編的。	The new film is *based on* a novel.
» 你有看那部片嗎?	Did you see that movie?
» 那本小説真的很感人。	That story is really *touching*.
» 你的嗜好是什麼?	What's your *hobby*?
» 你喜歡什麼運動?	Which sport do you like?
» 你喜歡打網球嗎?	Do you like tennis?
» 你想參加棒球隊嗎?	Wanna join the baseball team?
» 他對做飯可著迷了。	He is into cooking.

這些單字一定要會

* fan [fæn] n. 迷、粉絲、愛好者
* touching [`tʌtʃɪŋ] adj. 感人的
* based on [`best ʌn] ph. 根據
* hobby [`hɑbɪ] n. 嗜好、業餘愛好

寫作運用

Dear Mary,

I am your new roommate, Lisa. ***What is your interest during spare time? What sport do you prefer? What is your favorite pastime when you are free? Are you fond of tennis? I follow film devotedly.*** Do you like movies? We can go to the movies on the weekend.

親愛的瑪莉，

我是你的新室友，莉莎。**你有什麼愛好？你喜歡什麼運動？你空閒時間都在做什麼？你喜歡打網球嗎？我熱愛電影。** 你喜歡電影嗎？我們週末可以一起去看電影喔。

 寫作閱讀要這樣用 *Writing X Reading*

» What is your favorite *pastime* when you are free?
你有空都在做什麼？

» I follow film *devotedly*. 我熱愛電影。

» This new film is said to be adapted from a novel.
這部新片是一本小說改編的。

» Have you seen the movie? 你有看那部片嗎？

» This is a story really touches people's heart.
那本小說真的很感人。

» What is your interest during spare time? 你的嗜好是什麼？

» What sport do you prefer? 你喜歡什麼運動？

» Are you fond of tennis? 你喜歡打網球嗎？

» Would you like to *take part in* our baseball team?
你想參加棒球隊嗎？

» He has passion for cooking. 他對做飯可著迷了。

🐾 這些單字一定要會

* **pastime** [ˈpæsˌtaɪm] **n.** 娛樂、消遣　* **tennis** [ˈtɛnɪs] **n.** 網球

* **devotedly** [dɪˈvotɪdlɪ] **adv.** 忠心地　* **take part in** [tek pɑrt ɪn] **ph.** 參加

場景 10 聊聊保健話題

生活對話實境

A: *I try to eat less.*
  我在節食。

B: God, that's painful!
  天啊，那很痛苦的！

日常口語就醬用 *Speaking X Listening*

情境	口語
»游泳很容易瘦。	Swimming will make you *thin* fast.
»你需要運動。	You need to work out.
»瑜珈幫助雕塑身材。	Yoga helps to shape our body.
»我在節食。	I try to eat less.
»我想去動手術。	I'm going to have an *operation*.
»我開始發胖了。	I am getting fatter.
»我真的需要減肥。	I need to lose a few *pounds*.
»聽說那個方法很有效。	I heard that that method is quite useful.
»你的身材真好。	You have a nice *figure*.
»要不要試試那個產品？	Why not try that product?

這些單字一定要會

* **thin** [θɪn] **adj.** 瘦的
* **pound** [paʊnd] **n.** 英鎊
* **operation** [ˌɑpəˈreʃən] **n.** 手術
* **figure** [ˈfɪgjə] **n.** 體形

寫作運用

Dear Diary,

I have been putting on some weights. I really ought to lose some weights. It is necessary for me to work out. I also want to swim because *swimming will help me lose weight very quickly.* I hope I can lose some weights.

親愛的日記，

我開始發胖了。我真的需要減肥。我需要去運動鍛鍊一下。 我也想游泳，因為**游泳很容易瘦。** 我希望我能減重。

 寫作閱讀要這樣用 *Writing X Reading*

» Swimming will help you to lose weight very quickly.
游泳很容易瘦。

» It is necessary for you to *exercise*. 你需要運動。

» Yoga is a figure-shaping program. 瑜珈幫助雕塑身材。

» I am on *diet*. 我在節食。

» I would like to have a surgery. 我想去動手術。

» I have been putting on some weights. 我開始發胖了。

» I really ought to lose some *weights*. 我真的需要減肥。

» It is said that that method is of great use. 聽説那個方法很有效。

» You are in great *shape*. 你的身材真好。

» How about trying that product? 要不要試試那個產品？

🌀 這些單字一定要會

* **weight** [wet] **n.** 體重
* **exercise** [ˋɛksəͺsaɪz] **v.** 運動、鍛鍊
* **diet** [ˋdaɪət] **n.** 飲食、節食
* **shape** [ʃep] **n.** 形狀

場景 11 分享戀愛心情

生活對話實境

A: ***My boyfriend is jealous.*** He thinks I am too close with Jason.
我男友吃醋了。他覺得我和傑森走得太近了。

B: I think you'd better explain it to him.
我覺得你應該試著和他解釋一下。

 日常口語就醬用 *Speaking X Listening*

情境	口語
» 我對他一見鍾情。	I fell for him at first sight.
» 我男友吃醋了。	My boyfriend is ***jealous***.
» 他向我求婚了。	He asked me to ***marry*** him.
» 他很溫柔。	He is ***gentle***.
» 她是個母老虎。	She is a ***shrew***.
» 他想對瑪莉告白。	He wanted to tell Mary he loves her.
» 我朋友覺得他不錯。	My friends think he is a nice guy.
» 你們在一起多久了？	How long have you been together?
» 怎麼認識的？	How did you meet?
» 幫你介紹男友吧。	I will fix you up.

這些單字一定要會

* **jealous** [ˋdʒɛləs] **adj.** 嫉妒的
* **gentle** [dʒɛntl̩] **adj.** 溫柔的
* **marry** [ˋmærɪ] **v.** 嫁、娶
* **shrew** [ʃru] **n.** 潑婦

寫作運用

I will help her find the right man. He has a gentle disposition. My friends considered that he is a good person. She got the affection for him at the first time she saw him, but *she is a dragon lady.* You are more friendly and polite. Let's go out some other time.

我幫她介紹男友吧。他的個性很溫柔。我朋友也覺得他不錯。她對他一見鍾情，但她是個母老虎。你比較友善和有禮貌。改天一起出來吧！

 寫作閱讀要這樣用 *Writing X Reading*

» I got the ***affection*** for him at the first time I saw him.
我對他一見鍾情。

» My boyfriend gets all green with envy.　我男友吃醋了。

» He made a ***proposal*** of marriage to me.　他向我求婚了。

» He has a gentle ***disposition***.　他很溫柔。

» She is a dragon lady.　她是個母老虎。

» He wanted to ***express*** his affection to Mary.　他想對瑪莉告白。

» My friends considered that he is a good person.
我朋友覺得他不錯。

» How long has your relationship been lasting?
你們在一起多久了？

» How did you meet each other?　怎麼認識的？

» I will help you find the right man.　幫你介紹男友吧。

✿ 這些單字一定要會

* **affection** [əˋfɛkʃən] **n.** 喜愛
* **disposition** [ˌdɪspəˋzɪʃən] **n.** 性情
* **proposal** [prəˋpoz!] **n.** 提議
* **express** [ɪkˋsprɛs] **v.** 表達

◀·· **Track 012**

 生活對話實境

A: They are a double income family.
他們是雙薪家庭。

B: But I guess *it is* still *hard to pay off all the loans nowadays.*
不過我想**現在**還是**很難付清房貸吧**。

日常口語就醬用 *Speaking X Listening*

情境	口語
» 我想問貸款的事情。	I want to ask about a loan.
» 我想申請貸款。	I want a loan.
» 我終於還完房貸了。	I'm done with the house *loan*.
» 你是怎樣還清所有債務的呢？	How did you pay off all the *debts*?
» 他賺很多錢。	He *earns* a lot.
» 看來必須貸款了。	It seems that we have to take out a loan.
» 現在很難付清房貸。	It is hard to pay off all the loans nowadays.
» 他們的錢大多用來付房貸了。	They spend most of their income on the *mortgage*.
» 多久才可以還清？	How long does it take to pay off?
» 我還得養活一家人呢。	I do have a family to feed.

這些單字一定要會

* **loan** [lon] **n.** 貸款
* **earn** [ɝn] **v.** 賺錢
* **debt** [dɛt] **n.** 債務
* **mortgage** [`mɔrgɪdʒ] **n.** 抵押

寫作運用

My colleague, Jason, is a thrifty man. *He has a large income*, but *most of his income was used to pay their housing loan. He still needs to provide for his family. He finally paid off all his house loan* yesterday. Hence, he decides to travel abroad next month.

我同事傑森是個很節儉的人。**他收入很高，但他大部分都還房貸了。他還得養活一家人呢。上個月，他終於還完房貸了。**因此，他決定下個月去國外旅遊。

寫作閱讀要這樣用 *Writing X Reading*

» I need to consult about the mortgage.　我想問貸款的事情。

» I would like to apply for a bank loan.　我想申請貸款。

» I finally paid off all my house loan.　我終於還完房貸了。

» How did you *manage* to pay off all the debts?
你是怎樣還清所有債務的呢？

» He has a large income.　他賺很多錢。

» It seems that we need to *apply* for a loan.　看來必須貸款了。

» It is difficult to *pay off* loans in today's condition.
現在很難付清房貸。

» Most of their income is used to pay their housing loan.
他們的錢大多用來付房貸了。

» How long does it take to have the *payment* completely make?
多久才可以還清？

» I still need to provide for my family.　我還得養活一家人呢。

🐾 這些單字一定要會

* **manage** [ˈmænɪdʒ] **v.** 管理
* **apply** [əˈplaɪ] **v.** 申請
* **pay off** [pe ɔf] **n.** 付清、償還
* **payment** [ˈpemənt] **n.** 付款、支付

場景 13 表達意見

Track 013

生活對話實境

A: I am not sure if I should go to the party tomorrow.
我不確定我是不是應該去參加明天的派對。

B: *I think you should go*, it'll be fine!
我建議你去，一定會很好玩的。

日常口語就醬用 *Speaking X Listening*

情境	口語
» 你應該試一試。	You should *try* it.
» 我覺得這件比較適合。	I feel that this one is better.
» 換個方法吧。	Let's try some other *ways*.
» 我覺得你該去。	I think you should go.
» 你應該相信他。	You should *believe* him.
» 我覺得他不夠資格。	I believe he is unqualified.
» 我暫時沒什麼看法。	For the time being, no *idea.*
» 這不是我能說的。	That's more than I can say.
» 我恐怕不知道。	Sorry, I don't know.
» 你可以問別人。	You may ask someone else.

這些單字一定要會

* **try** [traɪ] **v.** 試圖、嘗試
* **way** [we] **n.** 方式、方法
* **believe** [bɪˋliv] **v.** 相信
* **idea** [aɪˋdiə] **n.** 想法、看法

寫作運用

This position is opened. *I suggest you go. You should give it a try* because *I think that you are more suitable. It seems to me that he is not qualified. Trust me.* Apply for that job today!

這個工作有職缺，我建議你去。你應該試一試。因為我覺得你更適合。我覺得他不夠資格。你應該相信我。今天就去申請這份工作吧！

 寫作閱讀要這樣用 *Writing X Reading*

» You should give it a try.　你應該試一試。

» I think that this one is more *suitable*.　我覺得這件比較適合。

» Perhaps you should try something else.　換個方法吧。

» I *suggest* you go.　我覺得你該去。

» You should *trust* him.　你應該相信他。

» It seems to me that he is not qualified.　我覺得他不夠資格。

» I cannot think of anything at the moment.
我暫時沒什麼看法。

» I would rather not to say anything about it.　這不是我能説的。

» I am afraid that I do not know.　我恐怕不知道。

» You may *ask* someone else.　你可以問別人。

🐝 這些單字一定要會

* **suitable** [ˈsutəbl̩]
  adj. 恰當的、合適的

* **suggest** [səgˈdʒɛst] **v.** 建議

* **trust** [trʌst] **v.** 相信、信任

* **ask** [æˈsk] **v.** 詢問

場景 14 閒聊

🌸 生活對話實境

A: *How's it going today?*
今天過得怎麼樣?

B: Well, not bad I guess.
嗯,還不錯囉。

 日常口語就醬用 *Speaking X Listening*

情境	口語
» 你聽說了嗎?	Did you *hear*?
» 說重點。	Get to the *point*.
» 今天過得如何?	How's it going today?
» 目前還好。	So far, so good.
» 跟你說一件事。	Let me tell you something.
» 我明白了。	Got it.
» 今天天氣不錯。	It's a nice day.
» 我們閒聊了一會。	Let's *chat* for a while.
» 我在聽啊。	I am *listening*.
» 要去喝一杯嗎?	Wanna go get a drink?

🐾 這些單字一定要會

* **hear** [hɪr] **v.** 聽見
* **point** [pɔɪnt] **n.** 重點
* **chat** [tʃæt] **v.** 聊天
* **listen** [ˈlɪsn] **v.** 聽

寫作運用

How was your day? There's something I want to tell you. David quit his job today. *It is a fine day. Would you like to go have a drink?* We can talk about it.

今天過得怎麼樣？跟你説一件事。大衛今天離職了。今天天氣不錯。要去喝一杯嗎？我們可以聊聊他的問題。

 寫作閱讀要這樣用 *Writing X Reading*

» Have you heard the news?　你聽説了嗎？

» Stop beating around the *bush*.　説重點。

» How was your day?　今天過得如何？

» Everything is fine lately.　目前還好。

» There's something I want to tell you.　跟你説一件事。

» I *understand* what you mean.　我明白了。

» It is a fine day.　今天天氣不錯。

» We just had a small *talk*.　我們閒聊了一會。

» I am all *ears*.　我在聽啊。

» Would you like to go have a drink?　要去喝一杯嗎？

📖 這些單字一定要會

* **bush** [bʊʃ] **n.** 灌木、矮樹叢
* **talk** [tɔk] **n.** 談話、講話
* **understand** [ˌʌndɚˋstænd] **v.** 理解
* **ear** [ɪr] **n.** 耳朵

Chapter 2 表達心意

場景 01 生日祝福

生活對話實境

A: **Surprise!** I hope you like it.
　　我有個驚喜要送你。希望你會喜歡。

B: Thank you very much!
　　真是謝謝你！

日常口語就醬用 *Speaking X Listening*

情境	口語
»生日快樂。	Happy birthday!
»好好享受生日哦。	We are going to **treat** you like a king today.
»真心祝福你。	Best **wishes**.
»我要給你個驚喜。	**Surprise!**
»希望你今天玩得開心。	I hope you have a good time today.
»這是我們的一點兒心意。	It's just a small gift.
»這些花是要送你的。	The **flowers** are for you.
»要玩得開心喔！	Have a good time!
»一歲了，真是值得驕傲呢。	You are 1. That's something to be proud of.
»笑一下，今天是你的生日。	Smile, birthday girl.

🐟 這些單字一定要會

* treat [trit] **v.** 對待
* wish [wɪʃ] **n.** 祝福
* surprise [sə`praɪz] **n.** 驚喜
* flower [`flauɚ] **n.** 鮮花

寫作運用

Jenny, today is your birthday. *Wish you a happy birthday. I have a surprise for you. This is just a small token of my appreciation. I hope today you'll enjoy yourself. Many happy returns of this auspicious day to you!*

珍妮，今天是妳的生日。**生日快樂。我有個驚喜要送妳。這是我一點心意。希望妳今天過得開心。真心祝福妳。**

寫作閱讀要這樣用 *Writing X Reading*

» Wish you a happy birthday.　生日快樂。

» Do enjoy your birthday.　好好享受生日哦。

» Many happy returns of this *auspicious* day to you!
真心祝福你。

» I have a surprise for you.　我要給你個驚喜。

» I hope today you'll *enjoy* yourself.　希望你今天玩得開心。

» This is just a small token of my *appreciation*.
這是我們的一點兒心意。

» Here are some flowers for you.　這些花是要送你的。

» Enjoy yourself!　要玩得開心喔！

» You should be *proud* that you are already one.
一歲了，真是值得驕傲呢。

» Smile, it is your birthday.　笑一下，今天是你的生日。

這些單字一定要會

* **auspicious** [ɔˋspɪʃəs] **adj.** 吉利的
* **appreciation** [əˏpriʃɪˋeʃən] **n.** 感謝
* **enjoy** [ɪnˋdʒɔɪ] **v.** 享受
* **proud** [praʊd] **adj.** 驕傲的

場景 02 **致意感謝**

◀… **Track 016**

🌸 **生活對話實境**

A: ***I really don't know how to thank you.***
　　真不知該如何感謝你。

B: Don't say that, it is not a big deal.
　　快別這麼說，那不是什麼大不了的事。

 日常口語就醬用 *Speaking X Listening*

情境	口語
»非常感激您的關心。	I'm truly grateful for your ***concern***.
»謝謝你的禮物。	Thanks for the gift.
»謝謝你的花。	Thanks for the flowers.
»謝謝大家。	Thanks guys.
»真不知該如何感謝你。	I really don't know how to thank you.
»托大家的福。	I ***owe*** it all to you.
»你真是個大好人。	You are a great man.
»有你真是太好了。	Thank you for being with me.
»這正是我要的。	Your gift is just what I ***wanted***.
»沒有那麼嚴重。	It's not that ***serious***.

🐟 **這些單字一定要會**

* concern [kən`sɝn] **n.** 關心　　* want [want] **v.** 想要

* owe [o] **v.** 虧欠、感恩　　* serious [`sɪrɪəs] **adj.** 嚴重的

寫作運用

You helped me with my final paper. ***Words can not express how grateful I am. It is very kind of you to help me. Your help is greatly appreciated.*** Without your help, I will be failed. ***I appreciate your kindness to be with me.***

你幫我做完期末報告。**真不知該如何感謝你。你真是個大好人。非常感激您的關心。**沒有你，我會被當。**有你真是太好了。**

 寫作閱讀要這樣用 *Writing X Reading*

» Your concern is greatly appreciated.　非常感激您的關心。

» I appreciate your present.　謝謝你的禮物。

» I appreciate your flowers.　謝謝你的花。

» I really ***appreciate*** you guys.　謝謝大家。

» Words can not express how ***grateful*** I am.
　真不知該如何感謝你。

» Thanks for all your help.　托大家的福。

» It is very kind of you to help me.　你真是個大好人。

» I appreciate your ***kindness*** to be with me.　有你真是太好了。

» I could really put your present into ***practical*** use.
　這正是我要的。

» It's not that serious as you think.　沒有那麼嚴重。

☺這些單字一定要會

* **appreciate** [əˈpriʃˌɪet] **v.** 感謝
* **grateful** [ˈgretfəl] **adj.** 感謝的
* **kindness** [ˈkaɪndnɪs] **n.** 仁慈、好意
* **practical** [ˈpræktɪkl] **v.** 實用的

場景 03 恭賀喜事

🔊·· **Track 017**

🍃 生活對話實境

> A: ***I wish you a happy marriage.***
>   祝你新婚快樂。

> B: Thank you, you are so sweet!
>   謝謝你，你人真好！

 日常口語就醬用 *Speaking X Listening*

情境	口語
» 祝你新婚快樂。	I ***wish*** you a happy marriage.
» 恭喜你喜得貴子。	What a cute baby!
» 恭喜。	***Congratulations***!
» 你成功了。	You finally succeed.
» 你們真是天生一對。	You are made for each other.
» 這孩子真可愛。	The baby is so ***lovely***.
» 幹得好。	Good job.
» 你一定很開心吧！	You must be very happy.
» 我為你感到驕傲。	I'm ***proud*** of you.
» 辛苦總算有了代價。	You've been paid for your effort.

🍬 這些單字一定要會

* **wish** [wɪʃ] **v.** 希望、祝福
* **congratulation** [kənˌgrætʃuˈleɪʃ(ə)n] **n.** 恭賀、祝福
* **lovely** [ˈlʌvlɪ] **adj.** 可愛的
* **proud** [praud] **adj.** 自豪的

寫作運用

Ben, you are a father now. ***Congratulations on your new baby!***
What a pretty princess. You make me so proud. Joyful must be
what you are feeling now. From now on, you should work harder.

　　　班，你當老爸囉。**恭喜你喜得貴子。這孩子真漂亮。我為你
感到驕傲。你一定很開心吧！**從今天起，你要更認真工作。

 寫作閱讀要這樣用 *Writing X Reading*

> » My sincere congratulations on your marriage.　祝你新婚快樂。

> » Congratulations on your new baby.　恭喜你喜得貴子。

> » Congratulations on your ***promotion***.　恭喜。

> » You finally made your way to success!　你成功了。

> » You are a ***match*** made in heaven.　你們真是天生一對。

> » What a ***pretty*** princess.　這孩子真可愛。

> » It's wonderfully done.　幹得好。

> » ***Joyful*** must be what you are feeling now.　你一定很開心吧！

> » You make me so proud.　我為你感到驕傲。

> » All your hard work has finally paid off.　辛苦總算有了代價。

🐟 這些單字一定要會

* **promotion** [prə`moʃən]
  n. 提升、升遷

* **pretty** [`prɪtɪ] **adj.** 漂亮的

* **match** [mætʃ] **n.** 搭配

* **joyful** [`dʒɔɪfəl] **adj.** 愉悅的

Track 018

生活對話實境

A: My grandmother just passed away last week.
我祖母上禮拜才剛過世。

B: **Sorry to hear that.**
很難過聽到這個消息。

日常口語就醬用 *Speaking X Listening*

情境	口語
» 很難過聽到這個消息。	Sorry to hear that.
» 堅持住。	**Hang** in there.
» 有覺得好一點了？	**Feel** better now?
» 別太擔心。	Don't worry.
» 別灰心。	Don't be **defeated**.
» 一切都會好轉的。	Everything will be OK.
» 事情往往不像看上去的那麼糟。	It is not that bad.
» 不要心情不好了。	Cheer up.
» 你會遇到更好的人的。	You'll meet a better man.
» 振作點。	**Pull** yourself together.

這些單字一定要會

* **hang** [hæŋ] **v.** 懸而不決
* **feel** [fil] **v.** 感覺
* **defeat** [dɪˋfit] **v.** 失敗
* **pull** [pul] **v.** 拉

寫作運用

Melisa, *keep your courage. Everything will get better. It is not worth getting upset. Do not let this get you down. Things are never as bad as they seem.* We will help your out. *Do you feel better than before?*

　　梅莉莎，**振作點。一切都會好轉的。別太擔心。不要心情不好了。事情往往不像看上去的那麼糟。**我們都會幫你度過難關。**現在覺得好點了嗎？**

 寫作閱讀要這樣用 *Writing X Reading*

» It makes me so *sad* to hear this.　很難過聽到這個消息。

» Be *strong*.　堅持住。

» Do you feel better than before?　有覺得好一點了？

» It is not worth getting upset.　別太擔心。

» Do not let this get you down.　別灰心。

» Everything will get better.　一切都會好轉的。

» Things are never as bad as they *seem*.
事情往往不像看上去的那麼糟。

» Don't be sad.　不要心情不好了。

» You'll meet someone better.　你會遇到更好的人的。

» Keep your *courage*, and everything will be fine.　振作點。

🐾 這些單字一定要會

* sad [sæd] **adj.** 悲傷的
* strong [strɔŋ] **adj.** 堅強的
* seem [sim] **v.** 似乎
* courage [ˈkɝɪdʒ] **n.** 勇氣、膽量

場景 05 告白

🔊 Track 019

🌼 **生活對話實境**

A: Please believe me *I love you with all my heart.*
請相信我，**我是全心全意愛你的。**

B: Are you serious?!
你是認真的嗎？

 日常口語就醬用 *Speaking X Listening*

情境	口語
» 我深愛著你。	I love you *deeply*.
» 我會永遠愛你。	I will love you *forever*.
» 你對我來說是最重要的。	You are important to me.
» 我喜歡你。	I like you.
» 我很在乎你。	I'm fond of you.
» 我為你動心。	I have a *crush* on you.
» 我愛你。	I *love* you.
» 我是全心全意愛你的。	I love you with all my heart.
» 我對你一見鍾情。	I love you at first sight.
» 我想跟她告白。	I want to tell her that I love her.

🍬 **這些單字一定要會**

* deeply [dipli] **adv.** 深刻地
* forever [fə`ɛvə] **adv.** 永遠
* crush [krʌʃ] **n.** 壓碎
* love [lʌv] **v.** 愛

寫作運用

Jessica, listen to me carefully. ***I fell in love with you at first sight. I'd like to tell my affection to you. I adore you. You are the only one my heart beat for. You mean the world to me.*** I want to take care of you and protect you.

　　潔西卡，請專心聽我説。 **我對你一見鍾情。我想跟妳告白。我喜歡你。我為你動心。你對我來説是最重要的。**我希望能照顧你和保護你。

 寫作閱讀要這樣用 *Writing X Reading*

» My love for you is as deep as the sea.　我深愛著你。

» I will love you for as long as I live.　我會永遠愛你。

» You mean the world to me.　你對我來説是最重要的。

» I ***adore*** you.　我喜歡你。

» I ***care about*** you deeply.　我很在乎你。

» You are the only one my heart beat for.　我為你動心。

» I fell in love with you.　我愛你。

» My whole life is ***dedicated*** to you.　我是全心全意愛你的。

» I fell in love with you at first sight.　我對你一見鍾情。

» I'd like to tell my ***affection*** to her.　我想跟她告白。

🐌這些單字一定要會

* adore [ə`dor] **v.** 崇拜

* care about [kɛr ə`baut] **ph.** 關心

* dedicate [`dɛdə͵ket] **v.** 致力、獻身

* affection [ə`fɛkʃən] **n.** 喜愛

🔊 **Track 020**

 生活對話實境

A: ***Do you want to have dinner with me tonight?***
你願意與我共進晚餐嗎？

B: Thank you, I think I will take that invitation.
謝謝你，我想我可以吧。

日常口語就醬用 *Speaking X Listening*

情境	口語
» 一起吃晚餐吧。	Let's have dinner ***together***.
» 我八點去接你。	I will come over at 8.
» 今天恐怕不行。	Today is not good for me.
» 到時見。	See ya.
» 你願意和我約會嗎？	Will you go out with me?
» 你單身嗎？	Are you ***single***?
» 我覺得你很性感。	I think you are ***hot***.
» 你今晚上有空嗎？	Are you free tonight?
» 要一起去走走嗎？	Do you want to take a walk?
» 你願意與我共進晚餐嗎？	Do you want to have ***dinner*** with me tonight?

🐟 這些單字一定要會

* together [təˋgɛðə] **adv.** 一起
* single [ˋsɪŋ!] **adj.** 單身的

* hot [hɑt] **adj.** 火辣的
* dinner [ˋdɪnə] **n.** 晚餐

寫作運用

I think you are hot. *Are you seeing anyone? Are you free tonight? Would you be available tonight for dinner?* If so, *I will pick you up at 8 o'clock. See you later then.* We will have a good time.

我覺得妳很漂亮。**妳單身嗎？妳今晚上有空嗎？妳願意與我共進晚餐嗎？** 如果願意，**我八點去找妳。到時見。**我們將會度過愉快的時光。

 寫作閱讀要這樣用 *Writing X Reading*

» I would like to dine with you tonight.　一起吃晚餐吧。

» I will *pick* you *up* at 8 o'clock.　我八點去接你。

» I am afraid I am not available tonight.　今天恐怕不行。

» See you later then.　到時見。

» Would you join me for a *romantic* date?　你願意和我約會嗎？

» Are you seeing anyone?　你單身嗎？

» I am *enchanted* by your beauty.　我覺得你很性感。

» Are you free tonight?　你今晚上有空嗎？

» Would you like to go for a walk?　要一起去走走嗎？

» Would you be *available* tonight for dinner?
你願意與我共進晚餐嗎？

🍬 這些單字一定要會

* **pick up** [pɪk ʌp] **v.** 接（人）
* **enchant** [ɪn`tʃænt] **v.** 使迷惑
* **romantic** [ro`mæntɪk] **adj.** 浪漫的
* **available** [ə`veləbl] **adj.** 空閒的

場景 07 回應道謝

🐾 生活對話實境

A: Thank you very much for your help!
真的很謝謝你的幫忙。

B: ***Don't mention it.***
小事一椿。

 日常口語就醬用 *Speaking X Listening*

情境	口語
» 很高興能幫上忙。	Glad I could help.
» 能幫你忙是我的榮幸。	My pleasure.
» 你欠我一個人情。	You owe me one.
» 不客氣。	You're ***welcome***.
» 你太客氣了。	You are being too ***polite***.
» 不用謝。	No worries.
» 小事一椿。	Don't ***mention*** it.
» 不值一提。	Forget it.
» 任何時候都可以開口，我會幫忙。	***Anytime***.
» 隨時準備為你效勞。	I'm always ready for you.

🐟 這些單字一定要會

* welcome [ˈwɛlkəm] **adj.** 受歡迎的
* polite [pəˈlaɪt] **adj.** 禮貌的
* mention [ˈmɛnʃən] **n.** 提及、説起
* anytime [ˈɛnɪˌtaɪm] **adv.** 任何時

寫作運用

You are more than welcome. It delights me to help you. It is my pleasure to help you. Let's not make a scene. It is not worth mentioning. I would like to help you anytime you want. We are good friends, aren't we?

　　你客氣了。很高興能幫上忙。這是我的榮幸。小事一樁。不值得一提。你有事就說。我們是摯友，不是嗎？

 寫作閱讀要這樣用 *Writing X Reading*

» It delights me to help you.　很高興能幫上忙。

» It is my pleasure to help you.　能幫你忙是我的榮幸。

» You are *indebted* to me.　你欠我一個人情。

» You are welcome.　不客氣。

» You are more than welcome.　你太客氣了。

» It is my *pleasure*.　不用謝。

» It is not worth mentioning.　小事一樁。

» Let's not make a *scene*.　不值一提。

» I would like to help you anytime you want.
　任何時候都可以開口，我會幫忙。

» Always at your *service*.　隨時準備為你效勞。

🐟 這些單字一定要會

* **indebted** [ɪnˋdɛtɪd] **adj.** 感謝幫忙、欠人情

* **pleasure** [ˋplɛʒɚ] **n.** 榮幸

* **scene** [sin] **n.** 景象

* **service** [ˋsɝvɪs] **n.** 服務

場景 08 接受道歉

Track 022

生活對話實境

A: I am sorry, are you OK?
對不起，你還好嗎？

B: ***That's OK.***
沒關係。

 日常口語就醬用 *Speaking X Listening*

情境	口語
» 我接受你的道歉。	Apology accepted.
» 我原諒你。	I ***forgive*** you.
» 不要緊。	Never ***mind***.
» 沒關係。	That's OK.
» 不用擔心！	No worries.
» 沒什麼！	It's ***nothing***.
» 不要緊。	It's nothing serious.
» 我沒事。	I'm OK.
» 無所謂！	Nothing at all.
» 沒問題！	No ***problem***.

這些單字一定要會

* forgive [fə`gɪv] **v.** 原諒
* mind [maɪnd] **v.** 介意、關注
* nothing [`nʌθɪŋ] **n.** 無關緊要之事
* problem [`prɑbləm] **n.** 問題

寫作運用

Nancy, I've made a decision. ***I would grant your forgiveness.
I accept your apology. Don't worry about it. There is nothing to
worry about***. We are still good friends and colleagues, aren't we?

　　南西，我決定了。**我原諒你。我接受你的道歉。所以你不用擔心。這沒什麼。**我們還是朋友和同事，不是嗎？

寫作閱讀要這樣用 *Writing X Reading*

» I accept your ***apology***.　我接受你的道歉。

» I would grant your ***forgiveness***.　我原諒你。

» There is nothing to mind.　不要緊。

» That is all alright.　沒關係。

» Don't worry about it.　不用擔心！

» There is nothing to worry about.　沒什麼！

» There is nothing ***seriously*** wrong.　不要緊。

» I am fine.　我沒事。

» It does not ***matter*** at all.　無所謂！

» Everything is fine.　沒問題！

這些單字一定要會

* **apology** [ə`pɑlədʒɪ] **n.** 道歉
* **forgiveness** [fə`gɪvnɪs]
  n. 原諒、寬恕

* **seriously** [`sɪrɪəlɪ] **adv.** 嚴重地
* **matter** [`mætə] **v.** 有關係、要緊

場景 01 訂位／入座

🔊 **Track 023**

🌸 **生活對話實境**

A: May I help you?
我可以替您服務嗎？

B: I want to know *if there are any tables left?*
我想知道**今天晚上還有空桌嗎？**

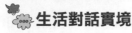 **日常口語就醬用** *Speaking X Listening*

情境	口語
» 今晚還有空桌嗎？	Are there any tables left?
» 一個四人桌。	A table for 4.
» 我想訂位。	I want to book a table.
» 我想訂今晚的位子。	I want to *reserve* a table for tonight.
» 我要靠窗的座位。	A table by the *window*, please.
» 這邊請。	This way.
» 要吸菸區還是禁菸區？	The *smoking* or non-smoking area?
» 您先請。	After you.
» 請坐。	Sit down, please.
» 隨便坐。	As you *wish*.

🐟 **這些單字一定要會**

* **reserve** [rɪˋzɝv] **v.** 預訂
* **window** [ˋwɪndo] **n.** 窗戶
* **smoking** [ˋsmokɪŋ] **n.** 抽菸
* **wish** [wɪʃ] **v.** 希望

寫作運用

Hello, *I would like to make a dinner reservation. I want to book a table for 4. It would be better if the table is by the window.* Thank you. My name is Tina Stone. My cellphone number is 0900000000.

哈囉，**今晚我想預定晚宴。我要一個四人桌。我要靠窗的座位。**謝謝，我叫緹娜史東。電話是0900000000。

 寫作閱讀要這樣用 *Writing X Reading*

» Are there any *vacancy* for tonight?　今晚還有空桌嗎？

» I want to book a table for 4.　一個四人桌。

» I would like to *book* a table.　我想訂位。

» I would like to make a dinner *reservation*.　我想訂今晚的位子。

» It would be better if the table is by the window.
我要靠窗的座位。

» Please come this way.　這邊請。

» Which would you like, the smoking or non-smoking section?
要吸菸區還是禁菸區？

» I will *come after* you.　您先請。

» Please have a seat.　請坐。

» Choose whichever seat you like.　隨便坐。

🐭 這些單字一定要會

* **vacancy** [ˈvekənsɪ] **n.** 空缺
* **book** [bʊk] **v.** 登記
* **reservation** [ˌrɛzəˈveʃən] **n.** 預約
* **come after** [kʌm ˈæftə] **ph.** 緊跟

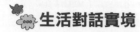 **場景 02 看菜單**

🔊 Track 024

🌧 **生活對話實境**

> A: ***Any recommendations?***
> 有什麼推薦菜？
>
> B: Their seafood is great.
> 他們的海鮮不錯。

 日常口語就醬用 *Speaking X Listening*

情境	口語
» 要點什麼？	What do you want to ***order***?
» 這道菜，應該配什麼飲品？	What drink would go with this dish?
» 今天的特餐有什麼？	Any specials?
» 我想知道你們有什麼招牌菜？	Can I ***hear*** the specials of this place?
» 我想試試這道。	I want to try this ***dish***.
» 這個菜是怎麼做的？	How is this dish done?
» 這個菜有什麼原料？	What's in this dish?
» 這道菜要做多久？	How long does this dish take?
» 不知道這好不好吃。	I don't know if this one is good.
» 有什麼推薦菜嗎？	Any ***recommendations***?

🐟 **這些單字一定要會**

* order [ˈɔrdɚ] **v.** 點菜
* hear [hɪr] **v.** 聽見
* dish [dɪʃ] **n.** 菜
* recommendation [ˌrɛkəmɛnˈdeʃən] **n.** 推薦

寫作運用

Hi, waiter! *What are the specials for today? I'd like to try this dish. How is this dish cooked? What are the ingredients of this dish? I don't know whether it is delicious or not. What would you recommend to drink with this dish?* Thanks for your recommendation.

哈囉，服務生。**今天的特餐有哪些？我想試試這道。這個菜是怎麼做的？這個菜有什麼原料？這道菜需要多久？不知道這好不好吃。這道菜，應該配點什麼喝的？**謝謝你的推薦。

寫作閱讀要這樣用 *Writing X Reading*

» What would you like to order? 要點什麼？

» What would you recommend to drink with this dish?
這道菜，應該配什麼飲品？

» What are the *specials* for today? 今天的特餐有什麼？

» What are specials here? 我想知道你們有什麼招牌菜？

» I'd like to try this dish. 我想試試這道。

» How is this dish cooked? 這個菜是怎麼做的？

» What are the *ingredients* of this dish? 這個菜有什麼原料？

» How long does it take to cook this dish? 這道菜要做多久？

» I don't know *whether* it is delicious or not.
不知道這好不好吃。

» What would you like to *recommend*? 有什麼推薦菜嗎？

🍴 這些單字一定要會

* specials [ˈspɛʃəlz] **n.** 特殊的人和事
* whether [ˈhwɛðɚ] **prep.** 是否
* ingredient [ɪnˈgridɪənt] **n.** 原料
* recommend [ˌrɛkəˈmɛnd] **v.** 介紹、推薦

場景 03 點餐細節

 生活對話實境

A: *I'm allergic, so no shrimps.*
別放蝦，我過敏。

B: OK, got it.
好的，明白了。

 日常口語就醬用 *Speaking X Listening*

情境	口語
»去冰。	No *ice*.
»可以一起上嗎？	Can you bring the dishes out at once?
»這道菜不要辣。	No chili in this dish.
»別放蝦，我過敏。	I'm *allergic*, so no shrimps.
»一杯咖啡。	Coffee, please.
»只要水就好了。	Just water.
»我應該喝點什麼呢？	Anything to drink?
»有柳橙汁嗎？	Do you have *orange* juice?
»你要點哪一個？	Which do you *prefer*?
»請快點上菜。	Please hurry.

這些單字一定要會

* ice [aɪs] **n.** 冰塊
* allergic [əˈlɝdʒɪk] **n.** 過敏的
* orange [ˈɔrɪndʒ] **n.** 柳丁
* prefer [prɪˈfɝ] **v.** 更喜歡

寫作運用

I'd like to order Combo A. *I would ask not to put shrimps in this dish because I am allergic.* I want to order something to drink. *A cup of coffee, please. Please bring out the dish as fast as you can.* Thanks a lot.

我要點 A 餐。**別放蝦，我過敏。**還要點些飲料來喝。**請給我一杯咖啡。請快點上菜。**謝謝。

寫作閱讀要這樣用 *Writing X Reading*

» I don't want ice in my drink.　去冰。

» Could you have it all at once?　可以一起上嗎？

» Please ask the chef not to put chili in this dish.
這道菜不要辣。

» I would ask not to put *shrimps* in this dish because I am allergic.　別放蝦，我過敏。

» Give me a cup of coffee, please.　一杯咖啡。

» I just want water.　只要水就好了。

» What would I order to drink?　我應該喝點什麼呢？

» Is there any orange *juice*?　有柳橙汁嗎？

» Which dish suits your *taste*?　你要點哪一個？

» Please *bring out* the dish as fast as you can.　請快點上菜。

⚛️ 這些單字一定要會

* **shrimp** [ʃrɪmp] **n.** 蝦
* **juice** [dʒus] **n.** 果汁
* **taste** [test] **n.** 品味
* **bring out** [brɪŋ aut] **ph.** 上菜

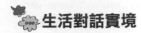 **場景 04 用餐中**

 生活對話實境

A: ***Salt, please.***
　請遞鹽給我。

B: Here you go.
　拿去吧。

日常口語就醬用 *Speaking X Listening*

情境	口語
» 請把鹽遞給我。	***Salt***, please.
» 開動吧。	Let's ***dig in***.
» 很美味。	It's delicious.
» 需要胡椒嗎？	Pepper?
» 我吃飽了。	I'm ***full***.
» 我吃完了。	I'm done.
» 嚐一嚐這道菜。	Try this dish.
» 請自便。	Help yourself.
» 好像吃不完。	It seems we can't ***finish*** them.
» 菜很合我的口味。	I enjoy this dish.

這些單字一定要會

* salt [sɔlt] **n.** 鹽
* dig in [dɪg ɪn] **ph.** 開始認真工作
* full [fʊl] **adj.** 飽的
* finish [ˈfɪnɪʃ] **v.** 完成

寫作運用

Dear Mr. and Mrs. Brad. ***Let's start eating. You had better try this dish. The dish is nicely cooked.*** There are many delicious dishes. You can have as much as you want. ***You may enjoy yourself with the food.***

親愛的布萊德夫婦。**開動吧。嚐一嚐這道菜。很美味。**我們有很多菜。**你要吃多少就吃多少喔。請自便。**

 寫作閱讀要這樣用 *Writing X Reading*

» Please pass the salt. 請把鹽遞給我。

» Let's ***start*** eating. 開動吧。

» The dish is nicely cooked. 很美味。

» Would you like some ***pepper***? 需要胡椒嗎？

» I had ***enough***. 我吃飽了。

» I finished my ***meal***. 我吃完了。

» You had better try this dish. 嚐一嚐這道菜。

» You may enjoy yourself with the food. 請自便。

» It seems we can't eat them up. 好像吃不完。

» The dish is most to my taste. 菜很合我的口味。

🍬 這些單字一定要會

* **start** [stɑrt] **v.** 開始
* **pepper** [ˈpɛpɚ] **n.** 胡椒
* **enough** [əˈnʌf] **adj.** 足夠的
* **meal** [mil] **n.** 一餐、餐點

場景 05 需要服務時

生活對話實境

A: *Excuse me.*
　 打擾一下。

B: Yes?
　 是的？

 日常口語就醬用 *Speaking X Listening*

情境	口語
» 再來點飯。	I'll have more rice.
» 我能來杯水嗎？	Water, please.
» 可以換座位嗎？	Can we change the seats?
» 打擾一下。	*Excuse* me.
» 我可以抽菸嗎？	Is it OK if I *smoke*?
» 可以多一套餐具嗎？	One more set of *dishware*.
» 我要點菜。	I'd like to order, please.
» 我想見廚師。	I need to speak to the chef.
» 我看一下菜單。	*Menu*, please.
» 我要換一道菜。	I need to change my order.

🍴 這些單字一定要會

* **excuse** [ɪkˋskjuz] **v.** 原諒 　　　 * **dishware** [ˋdɪʃwɛ] **n.** 餐具

* **smoke** [smok] **v.** 抽菸 　　　 * **menu** [ˋmɛnju] **n.** 菜單

寫作運用

Sorry to trouble you. I am ready to order. May I take a look at the menu? What would you recommend? I prefer chicken and rice. By the way, do you have apple juice? I'd like order two glasses of apple jucie.

打擾一下。我要點菜。我看一下菜單。你可以推薦我一些食物嗎？我喜歡吃雞肉和米飯。順便，請問你們有蘋果汁嗎？我想要點兩杯蘋果汁。

寫作閱讀要這樣用 *Writing X Reading*

» I would like to have more rice. 再來點飯。

» Could I have a glass of water? 我能來杯水嗎？

» Could you please help us to *change* the seats?
可以換座位嗎？

» Sorry to trouble you. 打擾一下。

» Would it be *alright* if I smoke? 我可以抽菸嗎？

» Could you please add another set of dishware?
可以多一套餐具嗎？

» I am ready to order. 我要點菜。

» I want to *have a word with* the chef. 我想見廚師。

» May I look at the menu? 我看一下菜單。

» I would like to change my order to something *else*.
我要換一道菜。

🎵 這些單字一定要會

* **change** [tʃendʒ] **v.** 變化

* **alright** [ˈɔlˈraɪt] **adj.** 沒問題的

* **have a word with**
[hæv ə wəd wɪð] **ph.** 與……商談

* **else** [ɛls] **adj.** 別的、其他的

場景 06 結帳

 Track 028

生活對話實境

A: ***Check, please.***
買單。

B: I will be right back.
馬上來。

日常口語就醬用 *Speaking X Listening*

情境	口語
»這是小費。	Here is the ***tip***.
»我要付現。	I would like to pay in ***cash***.
»我要刷卡。	I would like to pay by credit card.
»請問能刷卡嗎？	Could I use a credit card?
»買單。	***Check***, please.
»可以打包嗎？	Can I have a bag, please?
»我請客。	My treat.
»下次你再來請。	Next round will be on you.
»多少錢？	How much is it?
»我們各付各的。	We'll pay ***separately***.

🍬 這些單字一定要會

* **tip** [tɪp] **n.** 小費
* **cash** [kæʃ] **n.** 現金
* **check** [tʃɛk] **v.** 檢查
* **separately** [ˈsɛpərɪtlɪ] **adv.** 分別地

寫作運用

It's time to go. ***Would you bring me the check? I would pay in cash. This is on me. You could pay for the next meal.*** It's my pleasure to have dinner with you, Lisa.

我們該走了。**買單。這次我請客。下次你再來請。**莉莎，能和妳共進晚餐是我的榮幸喔。

寫作閱讀要這樣用 *Writing X Reading*

» Here is the tip for your ***service***.　這是小費。

» I would like to pay in cash.　我要付現。

» I would like to pay with my ***credit*** card.　我要刷卡。

» Do you ***accept*** credit cards?　請問能刷卡嗎？

» Would you bring me the check?　買單。

» Could you please make a ***doggie*** bag for me?　可以打包嗎？

» This is on me.　我請客。

» You could pay for the next meal.　下次你再來請。

» How much does this meal cost?　多少錢？

» We would like to pay for ourselves.　我們各付各的。

🎨 這些單字一定要會

* service [ˈsɝvɪs] **n.** 服務
* credit [ˈkrɛdɪt] **n.** 信用
* accept [əkˈsɛpt] **v.** 接受
* doggie [ˈdɔgɪ] **n.** 小狗

場景 07 速食店點餐

💬 **生活對話實境**

A: ***For here or to go?***
   您要內用還是外帶？

B: To go, please.
   外帶，謝謝。

 日常口語就醬用 *Speaking X Listening*

情境	口語
» 你想點什麼？	May I help you?
» 我要套餐。	I want a ***combo***.
» 您要內用還是外帶？	For here or to go?
» 我只要薯條就好。	French ***fries*** only.
» 請給我番茄醬。	Give me ***ketchup***.
» 你需要什麼沾醬？	Which sauce do you like?
» 要不要點飲料？	Anything to ***drink***?
» 都有些什麼飲料？	What drinks do you have?
» 就這些了嗎？	Anything else?
» 就這些了。	That's it.

🐟 **這些單字一定要會**

* **combo** [ˋkɑmbo] **n.** 套餐、聯合體 * **ketchup** [ˋkɛtʃəp] **n.** 番茄醬

* **fries** [frɪs] **n.** 薯條 * **drink** [drɪŋk] **v.** 飲、喝

寫作運用

I just need the chips. I would like to have some ketchup. What kind of drinks do you offer? I'll take a can of Coke. ***That is all I want.*** By the way, please give me a plastic bag. Thank you.

我只要薯條就好。請給我番茄醬。你們有些什麼飲料？我要一罐可樂好了。**就這些了。**對了，請給我一個塑膠袋，謝謝。

寫作閱讀要這樣用 *Writing X Reading*

» What can I get for you today? 你想點什麼？

» I'd like to have a combo. 我要套餐。

» Will you eat in our restaurant or ***take*** it ***away***? 您要內用還是外帶？

» I just need the ***chips***. 我只要薯條就好。

» I would like to have some ketchup. 請給我番茄醬。

» What ***sauce*** do you prefer? 你需要什麼沾醬？

» Would you like something to drink? 要不要點飲料？

» What kind of drinks do you ***offer***? 都有些什麼飲料？

» Is that all? 就這些了嗎？

» That is all I want. 就這些了。

🐟 這些單字一定要會

* **take away** [tek ə'we] **ph.** 帶走
* **chips** [tʃɪps] **n.** 薯條
* **sauce** [sɔs] **n.** 醬
* **offer** [ˈɔfɚ] **v.** 提供

Part 2

情緒 表達

篇

Chapter 1 感官感受

Chapter 2 心情傳達

Part 2 音檔雲端連結

因各家手機系統不同，若無法直接掃描，
仍可以至以下電腦雲端連結下載收聽。
（https://tinyurl.com/bdhjx3sr）

場景 01 開心時

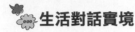

🔊··· **Track 030**

🗨️ 生活對話實境

A: What's going on? You look so happy.
　　發生了什麼事嗎？你看起來很開心。

B: ***I am so glad***, because I got a 100 on my final exam!
　　我好開心，因為我的期末考考100分。

😮 日常口語就醬用 *Speaking X Listening*

情境	口語
» 高興得要飛上天了。	I'm in high spirits.
» 我是喜極而泣。	I wept for joy.
» 我很高興。	I am so glad.
» 我的心情很好。	I am ***delighted***.
» 太棒了！	That's ***wonderful***!
» 高興死了！	I'm over the moon.
» 太幸運了！	How ***lucky***.
» 高興得飄飄然。	I'm walking on air.
» 太開心了。	I am on ***cloud*** nine.
» 開心到爆。	I feel so happy.

💬 這些單字一定要會

* **delighted** [dɪˈlaɪtɪd]
  adj. 使高興欣喜的

* **wonderful** [ˈwʌndəfəl]
  adj. 奇妙的、極好的

* **lucky** [ˈlʌkɪ] **adj.** 幸運的

* **cloud** [klaʊd] **n.** 雲

寫作運用

I am happy as a lark. I can't express my feeling now. *I'm beside myself with joy* because I just won the singing contest. *I am full of the joys of spring.* Oh, *how wonderful it is!*

　　我好開心。我難以解釋我的感覺。**我高興得飄飄然**因為我贏得歌唱比賽。**我高興得要飛上天了**。噢，**太棒了**！

 寫作閱讀要這樣用 *Writing X Reading*

» I am full of the joys of spring.　高興得要飛上天了。

» I'm so happy that I almost *weep*.　我是喜極而泣。

» I am happy as a *lark*.　我很高興。

» I am in a merry mood.　我的心情很好。

» How wonderful it is!　太棒了！

» I'm *extremely* happy.　高興死了！

» I am the luckiest person in the world.　太幸運了！

» I'm beside myself with joy.　高興得飄飄然。

» What a *great* feeling!　太開心了。

» I am like a dog with two tails.　開心到爆。

這些單字一定要會

* **weep** [wip] **v.** 流淚、哭泣

* **lark** [lɑrk]
  n. 百靈科鳴禽（如雲雀）

* **extremely** [ɪk`strimlɪ]
  adv. 非常、極其

* **great** [gret] **adj.** 美妙的、極好的

場景 02 **生氣時**

🔊⋯**Track 031**

生活對話實境

A: It's none of your business. Leave me alone.
這不關你的事，離我遠點。

B: We care about you. ***You've gone too far.***
我們是在關心你。**你太過分了！**

 日常口語就醬用 *Speaking X Listening*

情境	口語
» 我超火大。	I'm in a ***fury***.
» 你怎麼能這麼做？	How can you do that?
» 我很生氣。	I'm angry.
» 我不開心。	I'm unhappy.
» 真噁心！	That's ***disgusting***!
» 我很討厭你！	I'm sick of you.
» 我非常生氣。	I hit the ceiling.
» 你太過分了！	You've gone too ***far***.
» 他的要求太超過了！	His ***demands*** are out of bounds.
» 真想揍扁你。	I want to do you over.

🦇 **這些單字一定要會**

* **fury** [ˈfjʊrɪ] **n.** 狂怒、暴怒
* **far** [fɑr] **adv.** 很、很深地程度
* **disgusting** [dɪsˈgʌstɪŋ] **adj.** 噁心的
* **demand** [dɪˈmænd] **n.** 要求

寫作運用

　　Billy, I have to tell you something. *I fly into a fury. You're a horrid person. How on earth could you do such a thing?* Actually, *you shouldn't have done that! This gets my blood up. I'd like to beat you black and blue.*

　　比利，我必須告訴你一些事情。**我很生氣。你很討厭！你太過分了！**事實上，**你怎麼能這麼做？我非常生氣，真想揍扁你。**

 寫作閱讀要這樣用 *Writing X Reading*

» I fly into a fury.　我超火大。

» How on earth could you do such a thing?　你怎麼能這麼做？

» I am in a *passion*.　我很生氣。

» I'm in a bad mood.　我不開心。

» How disgusting it is.　真噁心！

» You're a *horrid* person.　我很討厭你！

» This gets my *blood* up.　我非常生氣。

» You shouldn't have done that!　你太過分了！

» What he demands is most *improper*.　他的要求太超過了！

» I'd like to beat you black and blue.　真想揍扁你。

🐾 **這些單字一定要會**

* **passion** [ˈpæʃən] **n.** 激情、熱情　　* **blood** [blʌd] **n.** 血液

* **horrid** [ˈhɔrɪd]　　　　　　　　　* **improper** [ɪmˈprɑpə]
　adj. 可怕的、令人不悅的　　　　　　　**adj.** 不正確的、不適當的

場景 03 難過時

生活對話實境

A: His words hurt me. ***I felt so bad that I can't sleep.***
他的話傷害了我，**我難過到睡不著。**

B: Take it easy. You've tried your best.
放輕鬆，你已經盡力了。

日常口語就醬用 *Speaking X Listening*

情境	口語
» 你説的話傷到我了。	Your words make me sad.
» 我很傷心。	I'm very sad.
» 我很難過。	I feel bad.
» 我難過到睡不著。	I feel so bad that I can't sleep.
» 我淚流滿面。	My eyes are full of tears.
» 這個世界真不公平。	It's an ***unfair*** world.
» 我想把這一切都忘掉。	I want to forget about all of this.
» 他泣不成聲。	He ***choked*** with sobs.
» 男兒有淚不輕彈。	Men only weep when ***deeply*** hurt.
» 我很沮喪。	I am ***distressed***.

🌀 **這些單字一定要會**

* **unfair** [ʌnˋfɛr] **adj.** 不公平的

* **choke** [tʃok] **v.** 説不出話來

* **deeply** [ˋdiplɪ] **adv.** 深刻地

* **distressed** [dɪˋstrɛst]
  adj. 痛苦的、憂慮的

寫作運用

　　Today isn't my day. ***There's no fair in this world. It grieves me a lot. It made me feel so bad that I can't fall asleep. I want to forget the whole affair***, but I can't. Moreover, ***I looked rather sad*** because ***what you said hurts me a lot.***

　　　　今天真倒楣。**這個世界真不公平。我很傷心。我難過到睡不著。我想把這一切都忘掉**，但做不到。還有，**我很沮喪**因為**你說的話傷到我了。**

 寫作閱讀要這樣用 *Writing X Reading*

» What you said hurts me a lot.　你說的話傷到我了。

» It *grieves* me a lot.　我很傷心。

» I'm in a bad mood.　我很難過。

» It made me feel so bad that I can't fall *asleep*.
　我難過到睡不著。

» Tears were flowing dwon my face.　我淚流滿面。

» There's no fair in this world.　這個世界真不公平。

» I want to forget the whole affair.　我想把這一切都忘掉。

» His voice was choked with *sobs*.　他泣不成聲。

» Men do not *shed* tears unless they are deeply grievcd.
　男兒有淚不輕彈。

» I looked rather sad.　我很沮喪。

🐚 這些單字一定要會

* grieve [griv] **v.** 悲痛、哀悼
* asleep [əˋslip] **adj.** 睡著的
* sob [sɑb] **n.** 啜泣、嗚咽
* shed [ʃɛd] **v.** 流出

場景 04 驚喜時

🔊 **Track 033**

🗨️ 生活對話實境

A: Here you are. I think you may like it.
這個送給你，我想你可能會喜歡哦。

B: ***This is amazing!*** It's quite nice of you.
太棒了！你真是太貼心了。

😀 日常口語就醬用 *Speaking X Listening*

情境	口語
» 真是一個驚喜啊！	What a surprise.
» 沒想到有這樣的驚喜！	I've never imagined such a ***surprise***.
» 真沒想到在這兒遇到你了。	***Fancy*** seeing you here.
» 這裡的景色真美！	The view here is ***beautiful***.
» 這個主意會讓他們大吃一驚。	This idea will surprise them.
» 這出乎我的意料。	It is out of my ***expectation***.
» 太棒了！	This is amazing!
» 給你個驚喜！	I'll give you a surprise.
» 我竟然中獎了！	I actually won the lottery!
» 你的這份禮物真讓人驚喜！	Your gift surprised me.

🐾 這些單字一定要會

* **surprise** [sə`praɪz] **n.** 驚奇、驚訝
* **fancy** [`fænsɪ] **v.** 驚訝、驚喜
* **beautiful** [`bjutəfəl] **adj.** 美麗的
* **expectation** [ˌɛkspɛk`teʃən] **n.** 期待、預料

寫作運用

Dear Molly, ***the gift from you gave me a big surprise.*** The watch is gorgeous and pretty. ***I'd never conceived that such surprise existed.*** It is out of my expectation. ***How amazing this is!***

親愛的茉莉，**妳的這份禮物真讓人驚喜！**這支錶很別緻也很漂亮。**真沒想到有這樣一個驚喜！**這出乎我的意料。**太棒了！**

 寫作閱讀要這樣用 *Writing X Reading*

» It's really a great surprise. 真是一個驚喜啊！

» I'd never ***conceived*** that such surprise existed.
沒想到有這樣的驚喜！

» I can't believe that I can see you here.
真沒想到在這兒遇到你了。

» The landscape here is ***beyond*** my expectation.
這裡的景色真美！

» This idea must be a big ***shock*** to them.
這個主意會讓他們大吃一驚。

» I hadn't been expecting it at all. 這出乎我的意料。

» How ***amazing*** this is! 太棒了！

» Here's a big surprise for you. 給你個驚喜！

» Unbelievable, how can I win the lottery! 我竟然中獎了！

» The gift from you gives me a big surprise.
你的這份禮物真讓人驚喜！

🎧 這些單字一定要會

* **conceive** [kən`siv] **v.** 設想、考慮　　* **shock** [ʃɑk] **n.** 震驚、震動
* **beyond** [bɪ`jɑnd] **prep.** 超越、越過　　* **amaze** [ə`mez] **v.** 使吃驚

場景 05 恐懼時

🌿 **生活對話實境**

A: Look out! Here comes the dog.
小心！有狗跑過來了！

B: ***Don't panic!*** It's just a puppy.
別怕，那只不過是隻小狗。

 日常口語就醬用 *Speaking X Listening*

情境	口語
» 我很害怕。	I'm afraid.
» 我害怕寂寞。	I'm afraid of being alone.
» 我超怕地震。	I'm scared of the earthquake.
» 我怕大狗。	I'm *scared* of big dogs.
» 別怕！	Don't *panic*!
» 我很怕狗吠。	I'm scared of dogs' barking.
» 我怕黑。	I'm afraid of the dark.
» 我們恐怕要錯過火車了。	I'm afraid we'll missing the train.
» 他怕得直發抖。	He was *chilled* with fear.
» 她怕得頭髮都豎起來了。	Her hair stood on end with *terror*.

🐟 **這些單字一定要會**

* scared [skɛrd] **adj.** 害怕的
* panic [ˋpænɪk] **v.** 恐慌、驚慌
* chill [tʃɪl] **v.** 驚嚇、恐懼
* terror [ˋtɛrə] **n.** 恐怖

寫作運用

I am afraid of many things. For instance, *I am frightened of large dogs. The barking of dogs scares me to death. I am afraid of loneliness. The earthquake makes me feel like I'm having a nightmare.* My parents always tell me *don't be afraid of anything!*

　　我很怕許多事情。舉例來說，**我怕大狗、我很怕狗吠、我害怕寂寞、我超怕地震。**因此，我父母總是告訴我**凡事不要害怕！**

 寫作閱讀要這樣用 *Writing X Reading*

» It makes me scared.　我很害怕。

» I am afraid of loneliness.　我害怕寂寞。

» The earthquake makes me feel like I'm having a nightmare.
　我超怕地震。

» I am *frightened* of large dogs.　我怕大狗。

» Don't be *afraid* of anything!　別怕！

» The barking of dogs scares me to death.　我很怕狗吠。

» I quite *fear* to go in the dark.　我怕黑。

» I'm afraid that we'll miss the train.　我們恐怕要錯過火車了。

» He was so scared that he *trembled* like a leaf.　他怕得直發抖。

» She was so frightened that the hair on her head rose in fear.
　她怕得頭髮都豎起來了。

🔊 這些單字一定要會

* **frighten** [ˈfraɪtn̩] **v.** 使驚嚇

* **afraid** [əˈfred]
　adj. 害怕的、擔心的

* **fear** [fɪr] **v.** 害怕、敬畏

* **tremble** [ˈtrɛmbl̩] **v.** 顫抖、戰慄

場景 06 後悔時

 Track 035

生活對話實境

A: I shouldn't have done that to her.
我真不應該那樣對她。

B: ***There's no use in crying over spilt milk.*** She will understand.
覆水難收，她會理解你的。

 日常口語就醬用 *Speaking X Listening*

情境	口語
» 覆水難收。	There's no use in crying over *spilt* milk.
» 我不該傷害你。	I shouldn't *hurt* you.
» 我應該早點說出事實的。	I should have told the *truth* earlier.
» 我好後悔沒聽你的話。	I regret for not following your advice.
» 我做了一件後悔的事。	I did a regretting thing.
» 你會後悔的！	You will regret it.
» 對不起，我後悔了。	Sorry, I regret what I did.
» 我後悔說那樣的話。	I regret for what I said.
» 你會後悔的！	You'll *regret* it.
» 我後悔極了。	I really regret it.

這些單字一定要會

* **spill** [spɪl] **v.** 溢出

* **hurt** [hɜt] **v.** 傷害

* **truth** [truθ] **n.** 事實

* **regret** [rɪˋgrɛt] **v.** 感到後悔

寫作運用

Dear Kelly, *what I have done make me feel regretful. It's terrible that I hurt you. I regret about it and feel very sorry. I regret for what I have said. I regret to death.*

親愛的凱利，**我做了一件後悔的事。我不該傷害妳。對不起，我後悔了。我後悔說那樣的話。我後悔極了。**

寫作閱讀要這樣用 *Writing X Reading*

» Don't just feel regretful for what you've done.　覆水難收。

» It's ***terrible*** that I hurt you.　我不該傷害你。

» I should have ***disclosed*** a the truth earlier.
我應該早點說出事實的。

» If I have taken you ***advice***, I wouldn't be regretful now.
我好後悔沒聽你的話。

» What I have done make me feel regretful.
我做了一件後悔的事。

» You'll definitely regret it.　你會後悔的！

» I regretted for what I have done and felt very ***sorry***.
對不起，我後悔了。

» I regret for what I have said.　我後悔說那樣的話。

» You will regret for what you have done.　你會後悔的！

» I regret to death.　我後悔極了。

🎵 這些單字一定要會

* **terrible** [ˈtɛrəbl]
  adj. 可怕的、很遭的

* **disclose** [dɪsˈkloz] **v.** 揭露

* **advice** [ədˈvaɪs] **n.** 建議、勸告

* **sorry** [ˈsɔrɪ]
  adj. 遺憾的、對不起的

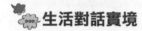

🌫️ 生活對話實境

A: **I'm sick of an ordinary life.** It's so boring.
　我受夠了平凡的生活，實在是太無聊了。

B: You should change your mind.
　你應該改變一下你的想法。

😮 日常口語就醬用 *Speaking X Listening*

情境	口語
» 寫論文很無聊。	Writing a paper is **boring**.
» 我很受不了約翰。	I am sick of John.
» 我厭惡常遲到的人。	I **hate** people who are always late.
» 我討厭你的虛偽。	You are so **pretentious**.
» 我受夠了平凡的生活。	I'm sick of this boring life.
» 他令我厭煩。	He is the **pain** of the ass.
» 生活處處枯燥乏味。	Life is such a bore.
» 這是場無趣的會議。	This is such a boring meeting.
» 這部電影超無聊的。	This is a really boring movie.
» 這份工作缺乏挑戰性。	There is no challenge to this job.

🐨 這些單字一定要會

* **boring** [ˋborɪŋ]
  adj. 枯燥的、無聊的

* **hate** [het] **v.** 憎恨、反感

* **pretentious** [prɪˋtɛnʃəs]
  adj. 虛偽的、自命不凡的

* **pain** [pen] **n.** 疼痛

寫作運用

I can't get along with John because I don't like people who are always late. Moreover, *his deceit makes me sick.* I'm sick of him. How about you? What kind of people can't you get along with?

　　我很受不了約翰。我厭惡常遲到的人。我討厭他的虛偽。他令我厭煩。妳呢，妳受不了哪種人呢？

寫作閱讀要這樣用 *Writing X Reading*

» It is so boring to write a paper.　寫論文很無聊。

» I can't get along with John.　我很受不了約翰。

» I don't like people who are always late.　我厭惡常遲到的人。

» Your *deceit* makes me sick.　我討厭妳的虛偽。

» I am bored with such an *ordinary* daily life.
　我受夠了平凡的生活。

» I'm sick of him.　他令我厭煩。

» Life is *filled* with boring things.　生活處處枯燥乏味。

» This meeting makes us *bored*.　這是場無趣的會議。

» The plot of this film is dull.　這部電影超無聊的。

» This job is too peaceful.　這份工作缺乏挑戰性。

這些單字一定要會

* deceit [dɪˋsit] **n.** 欺騙、謊言
* ordinary [ˋɔrdn͵ɛrɪ]
　adj. 平常的、普通的

* fill [fɪl] **v.** 裝滿、充滿
* bored [bord] **adj.** 無聊的、無趣的

場景 08 期待時

🌸 生活對話實境

A: Thank you for your invitation.
　謝謝您的邀請。

B: **_We'll be expecting you._**
　我們期待你的到來。

 日常口語就醬用 *Speaking X Listening*

情境	口語
» 這是我們的期許。	This is our expectation.
» 小朋友用期待的眼神看著聖誕老人。	The kids looked at the Santa with great **_anticipation_**.
» 我們期待你的來臨。	We'll be **_expecting_** you.
» 我希望能得到那本書。	I hope I can get that book.
» 我在等他的信。	I'm expecting his letter.
» 我盼望蘇珊能來看我。	I hope Susan can **_come_** see me.
» 明天是充滿希望的一天。	Tomorrow is a hopeful day.
» 期待您的回覆。	I'm expecting your reply.
» 這是我期待已久的禮物。	This is a gift that I've been waiting for a **_long_** time for.
» 這是意料之外的驚喜。	This is an unexpected surprise.

🧠 這些單字一定要會

* anticipation [æn͵tɪsəˋpeʃən] **adj.** 期待的

* expect [ɪkˋspɛkt] **v.** 期待

* come [kʌm] **v.** 來

* long [lɔŋ] **adj.** 長久的

寫作運用

People always look forward to many things. For example, *I hope to get that book. Children are always expecting excitedly when Christmas is around the corner.* If we stay optimistic, *tomorrow will be a day full of hope.*

人們總希望很多事情。譬如，**我希望能得到那本書。聖誕節來臨時，孩子們總興奮地期待著。**如果我們充滿樂觀，**明天是充滿希望的一天。**

寫作閱讀要這樣用 *Writing X Reading*

» This is our *expectation*.　這是我們的期許。

» Children are always expecting *excitedly* when Christmas is around the corner.　小朋友用期待的眼神看著聖誕老人。

» We're *looking forward to* your coming.　我們期待你的來臨。

» I hope to get that book.　我希望能得到那本書。

» I'm looking forward to hearing from him.　我在等他的信。

» I'm expecting that Susan can come to see me.
我盼望蘇珊來看我。

» Tomorrow will be a day full of hope.　明天是充滿希望的一天。

» We will be hoping to *receive* the reply from you.
期待您的回覆。

» This is a gift I have been expecting for a long time.
這是我期待已久的禮物。

» The surprise is not what I have been expecting.
這是意料之外的驚喜。

🎧 這些單字一定要會

* **expectation** [ˌɛkspɛkˈteʃən] **n.** 期待

* **excitedly** [ɪkˈsaɪtɪdlɪ] **adj.** 興奮地

* **look forward to** [luk ˈfɔrwəd tu] **ph.** 期盼、盼望

* **receive** [rɪˈsiv] **v.** 收到

場景 09　感動時

生活對話實境

A: ***This is a moving film.*** I have seen it several times.
　　這是部感人的電影，我已經看過好多遍了。

B: I can't wait to see this movie.
　　我等不及要看這個電影。

日常口語就醬用 *Speaking X Listening*

情境	口語
»他的事蹟感動了全國。	His story touched the ***country***.
»我深受感動。	I'm deeply moved.
»勝利的時刻總是令人感動。	It is always touching when you have a victory.
»她感動得流淚。	She was moved to cry.
»這是部感人的電影。	This is a moving ***film***.
»她感動得說不出話來。	She is speechless with ***sensation***.
»這本書很感人。	This is a touching book.
»無論怎樣都不能感動他。	Nothing can ***move*** him.
»這沒有那麼感人。	It is not that touching.
»所有參與者都很感動。	All of the participants were deeply moved.

這些單字一定要會

* country [ˈkʌntrɪ] **n.** 國家

* film [fɪlm] **n.** 電影

* sensation [sɛnˈseʃən] **n.** 感覺、感動

* move [muv] **v.** 感動

寫作運用

"The Queen and I" was a good film. ***This is a film that will touch everyone's heart. I was touched in the heart.*** My colleague, Paula, ***was so touched that she cried out. My friend, Mark, was too touched to say a word.***

　　《皇后與我》是部好電影。**這是部感人的電影。我深受感動。**我朋友馬克，**感動得説不出話來**。我同事寶拉，**她感動得流淚**。

寫作閱讀要這樣用 *Writing X Reading*

» What he has done moved people all over the country.
他的事蹟感動了全國。

» I am touched in the heart. 我深受感動。

» Having a victory is always touching.
勝利的時刻總是令人感動。

» She was so touched that she cried out. 她感動得流淚。

» This is a film that will touch everyone's heart.
這是部感人的電影。

» She was too touched to say a word. 她感動得説不出話來。

» This book is quite ***touching***. 這本書很感人。

» His heart is as hard as the nether ***millstone***.
無論怎樣都不能感動他。

» It is not as touching as we ***expected***. 這沒有那麼感人。

» The affecting moment ***belongs*** to every participants.
所有參與者都很感動。

✎ 這些單字一定要會

* **touching** [ˈtʌtʃɪŋ]
adj. 動人的、令人同情的

* **millstone** [ˈmɪl,ston] **n.** 磨石、重擔

* **expect** [ɪkˈspɛkt] **v.** 期盼、期望

* **belong** [bəˈlɔŋ] **v.** 屬於、應歸於

場景 01 讚美他人

🔊 **Track 039**

🌸 **生活對話實境**

A: What kind of person is he?
他是個什麼樣的人？

B: *He is amiable and friendly.*
他和藹可親。

 日常口語就醬用 *Speaking X Listening*

情境	口語
» 棒極了。	Wonderful!
» 幹得好！	Well done!
» 他辦事很有效率。	He works *efficiently*.
» 很完美。	That's perfect.
» 莉莉的個性很開朗。	Lily is quite outgoing.
» 她善良友好。	She is kind.
» 她很溫柔。	She is *sweet*.
» 他和藹可親。	He is *amiable* and friendly.
» 她很幽默。	She is a funny person.
» 他很堅強。	He has a *strong* will.

🐝 **這些單字一定要會**

* **efficiently** [ɪˈfɪʃntlɪ] **adv.** 有效的、效率高的

* **amiable** [ˈemɪəbl] **adj.** 和藹可親的

* **sweet** [swit] **adj.** 溫柔的、親切的

* **strong** [strɔŋ] **adj.** 堅強的

寫作運用

Lily has a sunny disposition. She is kind-hearted. She has a gentle disposition.She is gracious and forthcoming. She is a humorous girl, too. We all like her.

　　莉莉的個性很開朗。她善良友好。她很溫柔。她和藹可親。她是幽默的女孩。我們都很喜歡她。

 寫作閱讀要這樣用 *Writing X Reading*

» It's **excellent**!　棒極了。

» You did a great job!　幹得好！

» He is really efficient.　他辦事很有效率。

» That's **ideal**.　很完美。

» Lily has a sunny disposition.　莉莉的個性很開朗。

» She is kind-hearted.　她善良友好。

» She has a gentle disposition.　她很溫柔。

» He is **gracious** and forthcoming.　他和藹可親。

» She is a **humorous** gril.　她很幽默。

» He has a will of iron.　他很堅強。

✏ 這些單字一定要會

* **excellent** [ˋɛksḷənt] **adj.** 極好的

* **ideal** [aɪˋdiəl] **adj.** 理想的、完美的

* **gracious** [ˋgreʃəs] **adj.** 親切的、和藹的

* **humorous** [ˋhjumərəs] **adj.** 幽默的

場景 02 感激

🌬 **生活對話實境**

> A: ***Thank you for your help.***
> 感謝你的幫助。
>
> B: It's my pleasure.
> 這是我的榮幸。

 日常口語就醬用 *Speaking X Listening*

情境	口語
» 我們衷心感謝你。	Please receive our ***heart-felt*** thanks.
» 我不知道該如何表達我的謝意。	I don't know how to express my thankfulness.
» 謝謝你邀請我們來。	Thank you for inviting us.
» 非常感謝。	Many thanks.
» 謝謝你的熱情招待。	Thank you for your ***hospitality***.
» 謝謝你能理解我。	Thanks for your ***understanding***.
» 十分感激你們無私的援助。	We truly appreciate your unselfish help.
» 為此你應該感激他。	You should be ***thankful*** to him for it.
» 我感謝她送我禮物。	I thanked her for the present she sent me.
» 謝謝你的幫助。	Thank you for your help.

🍭 這些單字一定要會

* **heart-felt** [ˈhɑrt,fɛlt] **adj.** 衷心的

* **hospitality** [ˌhɑspɪˈtælətɪ] **adj.** 熱情友好的

* **understanding** [ˌʌndɚˈstændɪŋ] **n.** 理解

* **thankful** [ˈθæŋkfəl] **adj.** 感謝的、欣慰的

寫作運用

Thank you for your invitation. Thank you very much. Please accept my great appreciation to your hospitality, too. *Our thanks are due to you. I can't express my gratefulness.* It's my turn to treat you next time.

　　謝謝你的邀請。非常感謝。謝謝你的熱情招待。我們衷心感謝你。我不知道該如何表達我的謝意。下一次換我做東吧！

 寫作閱讀要這樣用 *Writing X Reading*

» Our thanks are due to you.　我們衷心感謝你。

» I can't express my *gratefulness*.
　我不知道該如何表達我的謝意。

» Thank you for your *invitation*.　謝謝你邀請我們來。

» Thank you very much.　非常感謝。

» Please accept my great *appreciation* to your hospitality.
　謝謝你的熱情招待。

» We give you our great appreciation to your understanding.
　謝謝你能理解我。

» We can't be thankful enough for your timely and *unselfish*
　help.　十分感激你們無私的援助。

» You should appreciate it.　為此你應該感激他。

» I feel grateful for the present she gave me.　我感謝她送我禮物。

» Thank you for helping me.　謝謝你的幫助。

🐟 這些單字一定要會

* **gratefulness** [ˈgretfəlnɪs]
　n. 感激之情
* **invitation** [ˌɪnvəˈteʃən] **n.** 邀請
* **appreciation** [əˌpriʃɪˈeʃən] **n.** 感謝
* **unselfish** [ʌnˈsɛlfɪʃ] **adj.** 無私的

場景 03 致歉

生活對話實境

A: *I apologize for my mistake.*
　　我為我的過失道歉。

B: It doesn't matter.
　　沒關係。

日常口語就醬用 *Speaking X Listening*

情境	口語
» 為我的過失道歉。	I apologize for my *mistake*.
» 任何言語都無法表達我的歉意。	Words cannot describe how sorry I am.
» 對不起。	I'm sorry.
» 我很抱歉。	I'm *terribly* sorry.
» 請原諒我。	*Pardon* me.
» 我似乎該向你道歉。	It seems I should apologize to you.
» 抱歉，打擾你了。	Sorry to *disturb* you.
» 對不起，給你添麻煩了。	Sorry to trouble you.
» 是我的錯，不會再發生了。	It's my mistake. It won't happen again.
» 我真的很內疚。	I really feel bad about it.

這些單字一定要會

* **mistake** [mə`stek] **n.** 錯誤、誤解
* **pardon** [`pɑrdn] **n.** 原諒、寬恕
* **terribly** [`tɛrəblɪ] **adv.** 非常、很
* **disturb** [dɪ`stɝb] **v.** 打擾、妨礙

寫作運用

My dear friend, *I'm really / awfullys sorry... I shall apologize for the mistake I made. I really feel sorry about it. It's my mistake. I will not let it happen again.* Honestly, *I can't tell how sorry I felt to you.*

我親愛的朋友，**我很抱歉……我為我的過失而道歉。我真的感到很內疚。是我的錯，不會再發生了。**事實上，**任何言語都無法表達我的歉意。**

 寫作閱讀要這樣用 *Writing X Reading*

» I shall apologize for the mistake I made.　為我的過失道歉。

» I can't tell how sorry I felt to you.
　任何言語都無法表達我的歉意。

» Please accept my apology.　對不起。

» I'm really / *awfully* sorry.　我很抱歉。

» I *beg* your pardon. 請原諒我。

» It seems I *owe* you an apology.　我似乎該向你道歉。

» I'm sorry. I didn't mean to disturb you.　抱歉，打擾你了。

» Sorry for the *inconvenience*.　對不起，給你添麻煩了。

» It's my mistake. I will not let it happen again.
　是我的錯，不會再發生了。

» I really feel sorry about it.　我真的很內疚。

✏️ 這些單字一定要會

* **awfully** [ˋɔfʊlɪ] **adv.** 十分、非常
* **beg** [bɛg] **v.** 請求、懇求

* **owe** [o] **v.** 欠、感激
* **inconvenience** [ˌɪnkənˋvinjəns] **n.** 不便、麻煩

場景 04 認同

生活對話實境

A: I think half of us can pass the GEPT.
我認為有一半的人可以通過全民英檢。

B: ***I think you're right.***
我覺得你是對的。

 日常口語就醬用 *Speaking X Listening*

情境	口語
» 我認同你的看法。	I agree with you.
» 我很贊成你說的。	I greatly agree with your words.
» 你說得對。	You're right.
» 我支持你的想法。	I agree with your idea.
» 我贊成公共場所禁菸。	I agree that there should be no smoking in ***public*** area.
» 她的父親會同意你們結婚。	Her father will agree your ***marriage***.
» 大家推舉她作為我們這組的發言人。	We chose her as our ***speaker***.
» 我媽媽同意我住在朋友家。	My mother has agreed to let me stay out for a night.
» 就這樣做吧。	Go ***ahead*** and do it.
» 我覺得你是對的。	I think you're right.

這些單字一定要會

* **public** [ˈpʌblɪk]
  adj. 公眾的、公用的

* **speaker** [ˈspikɚ]
  n. 演講者、說話者

* **marriage** [ˈmærɪdʒ]
  n. 結婚、婚姻生活

* **ahead** [əˈhɛd] **adv.** 向前地、領先地

寫作運用

I agree that smoking should not be allowed in public area. I agree with your idea. What you said is right. *I support what you think of.* We'll choose it as the topic for our final paper.

　　我贊成公共場所禁菸。我同意你的看法。我支持你的想法。 我們期末報告就選這當主題吧！

 寫作閱讀要這樣用 *Writing X Reading*

» I agree with your idea.　我認同你的看法。

» I quite agree with what you said.　我很贊成你說的。

» I believe you're right.　你說得對。我支持你的想法。

» I support what you think of.　我支持你的想法。

» I agree that smoking should not be allowed in public area.
我贊成公共場所禁菸。

» Her father will approve of your marriage.
她的父親會同意你們結婚。

» She was chosen by ***common consent*** to speak for our group.
大家推舉她作為我們這組的發言人。

» My mother gave me the ***approval*** of staying at my friend's
place.　我媽媽同意我住在朋友家。

» You ***ought*** to move forward and take action.　就這樣做吧。

» I believe what you said is right.　我覺得你是對的。

🐟 **這些單字一定要會**

* **common** [ˋkɑmən]
adj. 共同的、普通的

* **consent** [kənˋsɛnt] **n.** 同意、一致

* **approval** [əˋpruvl] **n.** 批准、認可

* **ought** [ɔt] **v.** 應該、應當

Track 043

生活對話實境

A: Do you want to keep the plan that the manager talked about?
你們接受經理所說的計畫嗎？

B: No, *we refuse to adopt this plan.*
不，我們拒絕接受這個計畫。

日常口語就醬用 *Speaking X Listening*

情境	口語
» 我不同意你說的。	I don't agree with what you said.
» 我不同意他的說法。	I disagreed with what he said.
» 我不贊成在公共場所吸菸。	I object to people smoking in public area.
» 我覺得應該有更好的辦法。	I think there should be a better *plan*.
» 我們拒絕接受這個計畫。	We refuse to *adopt* this plan.
» 我反對你的觀點。	I don't agree with your *idea.*
» 我們反對使用核武。	We are against *nuclear* weapons.
» 他起身對此表示強烈反對。	He stood up and opposed it strongly.
» 無論何事，她都與他意見不同。	She disagrees with him on everything.
» 對於這件事我跟你意見不同。	I disagree with you about this.

這些單字一定要會

* **plan** [plæn] **n.** 計劃、打算
* **adopt** [ə`dɑpt] **v.** 採取、接受
* **idea** [aɪ`diə] **n.** 想法、主意
* **nuclear** [`njuklɪə] **adj.** 原子能的

寫作運用

I don't agree with what you said. ***I'm opposed against your opinion. I don't agree there should be smoking in public area.*** Even though ***you stood up and objected in a strong tone, I*** still ***can't agree with you on this.***

對於這件事我跟你意見不同。**我反對你的觀點。我不贊成在公共場所吸菸。**即使**你起身對此表示強烈反對**，我還是**不同意你的說法。**

寫作閱讀要這樣用 *Writing X Reading*

» I don't agree with you.　我不同意你説的。

» I can't *approve* what he said.　我不同意他的説法。

» I don't agree there should be smoking in public area.
　我不贊成在公共場所吸菸。

» I think we have better *choices*.　我覺得應有更好的辦法。

» We *resist* the adoption of this plan.
　我們拒絕接受這個計畫。

» I'm opposed against your opinion.　我反對你的觀點。

» We object to the use of nuclear *weapons*.
　我們反對使用核武。

» He stood up and objected in a strong tone.
　他起身對此表示強烈反對。

» She objected to whatever he said.
　無論何事，她都與他意見不同。

» I can't agree with you on this.　對於這件事我跟你意見不同。

✎ 這些單字一定要會

* **approve** [ə`pruv] **v.** 贊成、滿意
* **choice** [tʃɔɪs] **n.** 選擇
* **resist** [rɪ`zɪst] **v.** 抵抗、抗拒
* **weapon** [`wɛpən] **n.** 武器、兵器

場景 06 提醒／警告

🌸 **生活對話實境**

A: It's going to rain.
　　快要下雨了。

B: ***Don't forget your umbrella.***
　　別忘了帶雨傘。

 日常口語就醬用 *Speaking X Listening*

情境	口語
» 小心！	Look out!
» 地板濕滑，請小心。	Watch out for the wet floor.
» 請提醒我給她留張紙條。	Please remind me to leave her a note.
» 出門別忘了帶鑰匙。	Don't *forget* to take your key when you go out.
» 請小心駕駛！	Please *drive* carefully
» 我警告他不要遲到。	I *warned* him not to be late.
» 別忘了帶雨傘。	Don't forget your umberlla.
» 請記得提醒我一下。	Don't forget to remind me of that.
» 我提醒你下次別再犯這個錯誤了。	I remind you not to make that mistake again.
» 不要耍花招。	Don't play any *tricks*

🍬 **這些單字一定要會**

* **drive** [draɪv] **v.** 開車、駕駛
* **warn** [wɔrn] **v.** 警告
* **trick** [trɪk] **n.** 詭計、惡作劇
* **bring** [brɪŋ] **v.** 帶來、促使、引起

寫作運用

Benny's mother cares about him very much. She always said, *"**Please drive with care. Don't forget the umbrella. Remember to bring your key with you when you go out.**"* Benny really loves his mom.

　　班尼的媽媽很關心他。她總是告訴他：「**請小心駕駛！別忘了帶雨傘。出門別忘了帶鑰匙。**」班尼真的超愛他媽媽的。

 寫作閱讀要這樣用 *Writing X Reading*

» Be careful!　小心！

» Please be careful of the wet floor.　地板濕滑，請小心。

» Please remind me that I should leave her a memo.
請提醒我給她留張紙條。

» Remember to *bring* your key with you when you go out.　出門別忘了帶鑰匙。

» Please drive with care.　請小心駕駛！

» I ask him not to be late.　我警告他不要遲到。

» Don't forget the *umbrella*.　別忘了帶雨傘。

» Please remember to *remind* me of that.　請記得提醒我一下。

» I shall remind you of not making that mistake again.
我提醒你下次別再犯這個錯誤了。

» Be *cautioned* not to play any tricks.　不要耍花招。

這些單字一定要會

* **forget** [fə'gɛt] **v.** 忘記、忽略
* **remind** [rɪ'maɪnd] **v.** 提醒、使記得
* **umbrella** [ʌm'brɛlə] **n.** 雨傘、庇護
* **caution** [kɔʃən] **v.** 警告

場景 07 建議

◀⋯ Track 045

生活對話實境

A: Shall we watch a movie after dinner?
吃過飯我們去看電影吧？

B: *I suggest that we take a walk.*
我提議去散步。

日常口語就醬用 *Speaking X Listening*

情境	口語
» 我建議你選那件紅色的上衣。	I advise you to choose that red coat.
» 我提議去散步。	I suggest that we take a walk.
» 我們建議他利用這個機會。	We advised him to take the *chance*.
» 好好休息一下吧。	Go take a good rest.
» 我們提倡節約用水。	We proposed to *save* water.
» 我們去看場電影吧！	How about watching a film?
» 你最好節食減肥。	You'd better *diet* to lose *weights*.
» 我們應該馬上動身。	I suggest we start off at once.
» 我建議星期二去。	I advise going on Tuesday.
» 這個週末聚一聚吧。	Let's get together this weekend.

這些單字一定要會

* **chance** [tʃæns] **n.** 機會、機遇   * **diet** [ˋdaɪət] **n.** 飲食控制、節食

* **save** [sev] **v.** 節省、保存   * **weight** [wet] **n.** 重量

寫作運用

Brand, Ted, and I were discussing what to do later. Brad *made a suggestion that we take a walk.* Ted asked us, *"What do you think of seeing a movie?" I propose we go on Tuesday.* Finally, we decided to have a cup of coffee.

布萊德，泰德和我討論晚點要做什麼。布萊德**提議去散步。**泰德問**我們去看電影如何？我建議星期二去。**最後，我們決定去喝咖啡。

 寫作閱讀要這樣用 *Writing X Reading*

» My advice is that you choose the red coat.
我建議你選那件紅色的上衣。

» I made a suggestion that we take a walk.　我提議去散步。

» We made a suggestion that he shall take *advantage* of this *opportunity*.　我們建議他利用這個機會。

» Give yourself a break.　好好休息一下吧。

» We promote saving water.　我們提倡節約用水。

» What do you think of seeing a movie?　我們去看場電影吧！

» You had better start diet so as to lose weights.
你最好節食減肥。

» We should set off *immediately*.　我們應該馬上動身。

» I *propose* we go on Tuesday.　我建議星期二去。

» How about having a lunch together this weekend?
這個週末聚一聚吧。

這些單字一定要會

* **advantage** [əd`væntɪdʒ] **n.** 優勢

* **immediately** [ɪ`midɪtlɪ] **adv.** 立即地、馬上地

* **opportunity** [͵ɑpə`tjunətɪ] **n.** 時機、機會

* **propose** [prə`poz] **v.** 建議、打算

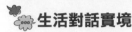

場景 08 尋求協助

◀ Track 046

🗨 生活對話實境

A: ***What's your opinion on this matter?***
你對這個問題有什麼看法？

B: I have no opinion. I quite agree with you on this point.
我沒什麼意見，在這點上我很贊成你的看法。

😮 日常口語就醬用 *Speaking X Listening*

情境	口語
» 你覺得如何？	What do you think of it?
» 您能給我些專業的建議嗎？	Can you give me some expertise?
» 你覺得這個主意怎麼樣？	What do you think of this idea?
» 這個產品有哪些缺點呢？	Is there any *flaw* with this product?
» 你對這個問題有什麼看法？	What's your *opinion* on this matter?
» 請坦率説出你的想法。	Please tell me your opinion *frankly*.
» 你希望是什麼樣？	How would you like it to be?
» 你認為演出怎麼樣？	How did you like the performance?
» 有什麼辦法嗎？	Is there anything we can do?
» 歡迎批評與指教。	Any *comments* and criticisms are welcome.

🐟 這些單字一定要會

* flaw [flɔ] **n.** 瑕疵、缺點

* frankly [ˈfræŋklɪ]
  adv. 真誠的、坦白的

* opinion [əˈpɪnjən] **n.** 意見、主張

* comment [ˈkɑmɛnt]
  n. 評論、意見、批評

寫作運用

Mr. Williams, *what suggestions will you make on this matter? Please give me some advices frankly.* Moreover, *what's your comment on this idea? Your comments and criticisms are always welcome.* Don't hesitate to express your opinions.

威廉斯先生，**你對這個問題有什麼看法？請坦率直言你的意見。** 還有，**你覺得這個主意怎麼樣？歡迎批評與指教。** 毫不遲疑地表達你的意見吧!

 寫作閱讀要這樣用 *Writing X Reading*

» What's your opinion on it?　你覺得如何？

» What's your opinion on it from a professional *perspective*?　您能給我些專業的建議嗎？

» What's your comment on this idea?
你覺得這個主意怎麼樣？

» What's the disadvantage of this product?
這個產品有哪些缺點呢？

» What *suggestions* will you make on this matter?
你對這個問題有什麼看法？

» Please frankly express your opinion.　請坦率說出你的想法。

» What do you expect it to be?　你希望是什麼樣？

» What's your opinion on the *performance*?
你認為演出怎麼樣？

» Does anyone have any good ideas?　有什麼辦法嗎？

» Your comments and *criticisms* are always welcome.
歡迎批評與指教。

這些單字一定要會

* **perspective** [pɚ`spɛktɪv] **n.** 觀點
* **performance** [pɚ`fɔrməns] **n.** 表演
* **suggestion** [səg`dʒɛstʃən]
　n. 示意、建議
* **criticism** [`krɪtəˌsɪzəm]
　n. 批評、苛求

場景 09 懷疑

🔊… **Track 047**

🌸 生活對話實境

A: He said he gave up that job.
他說他放棄了那份工作。

B: ***I can't totally believe that.***
我對此半信半疑。

日常口語就醬用 *Speaking X Listening*

情境	口語
» 我覺得那難以置信。	I find that hard to ***believe***.
» 我對此半信半疑。	I can't ***totally*** believe that.
» 我仍表示懷疑。	I am still ***skeptical***.
» 別想騙我。	Don't try to fool me.
» 真的是這樣嗎？	Is that true?
» 我要親眼見到才能相信。	I'll believe it when I see it.
» 我又不是三歲小孩！	I wasn't ***born*** yesterday.
» 我才不會上當呢！	Never tell me!
» 我才不相信你的鬼話呢。	I don't buy it.
» 別指望我會相信你。	Don't expect me to believe you.

🐟 這些單字一定要會

* believe [bɪˋliv] **v.** 相信、信任
* totally [ˋtotl̩ɪ] **adv.** 完全地
* skeptical [ˋskɛptɪkl̩] **adj.** 懷疑的
* born [bɔrn] **adj.** 出生

寫作運用

This is the third time that you told a lie. ***Don't think that I will trust you. Do not try to fool me as a little kid. I will take that with a grain of salt. I cannot believe it until I see it.***

這是你第三次說謊。**別指望我會相信你。我又不是三歲小孩。**所以，**我對此半信半疑，我要親眼見到才能相信。**記住，千萬別耍我。

寫作閱讀要這樣用 *Writing X Reading*

» I find that is unlikely to be true.　我覺得那難以置信。

» I will take that ***with a grain of salt***.　我對此半信半疑。

» I keep skeptical about this.　我仍表示懷疑。

» Don't ***deceive*** me.　別想騙我。

» Is it true?　真的是這樣嗎？

» I cannot believe it until I see it.　我要親眼見到才能相信。

» Do not try to ***fool*** me as a little kid.　我又不是三歲小孩！

» I will not believe it.　我才不會上當呢！

» I will not believe the shit you said.　我才不相信你的鬼話呢。

» Don't think that I will ***trust*** you.　別指望我會相信你。

✏ 這些單字一定要會

* **with a grain of salt**
  [wɪð ə gren ɑv sɔlt] **ph.** 有保留地
* **deceive** [dɪˋsiv] **v.** 欺騙、行騙
* **fool** [ful] **v.** 愚弄、欺騙
* **trust** [trʌst] **v.** 信任、信賴

場景 10 **表示喜惡**

生活對話實境

A: *I prefer black tea and not coffee.*
　 比起咖啡我更喜歡紅茶。

B: Me too.
　 我也是喔。

 日常口語就醬用 *Speaking X Listening*

情境	口語
» 我喜歡吃香蕉。	I like bananas.
» 謝謝，我不喜歡。	Many thanks, but I *dislike* it.
» 我對游泳很有興趣。	I am interested in *swimming*.
» 我不喜歡你的態度。	I don't like your *attitude*.
» 比起咖啡我更喜歡紅茶。	I prefer black tea and not coffee.
» 我開始喜歡吃乳酪了。	I've come to like cheese.
» 我討厭它。	I hate it.
» 我無法忍受這個味道。	I can't *stand* the smell.
» 我受夠了！	I've had it.
» 魚是我最喜歡的食物。	Fish is the food I like the most.

這些單字一定要會

* **dislike** [dɪsˋlaɪk] **v.** 不喜歡
* **swim** [swɪm] **v.** 游泳
* **attitude** [ˋætəˌtjud] **n.** 態度
* **stand** [stænd] **v.** 忍受、抵抗

寫作運用

Fish is my favorite food. I like to eat bananas. Compared to coffee, black tea is more favorable I cannot bear the smell.

　　魚是我最喜歡的食物。我也喜歡吃香蕉。比起咖啡我更喜歡紅茶，因為我難以忍受（咖啡）這種氣味。你呢？

寫作閱讀要這樣用 *Writing X Reading*

» I like to eat *bananas*.　我喜歡吃香蕉。

» Thank you, but I do not like it.　謝謝，我不喜歡。

» I am found of swimming.　我對游泳很有興趣。

» It is your attitude that bothers me.　我不喜歡你的態度。

» *Compared* to coffee, black tea is more favorable.
比起咖啡我更喜歡紅茶。

» I started to like *cheese*.　我開始喜歡吃乳酪了。

» It disgusts me.　我討厭它。

» I can not bear the smell.　我無法忍受這個味道。

» I've have enough of this.　我受夠了！

» Fish is my *favorite* food.　魚是我最喜歡的食物。

🔖 這些單字一定要會

* **banana** [bəˋnænə] **n.** 香蕉
* **compare** [kəmˋpɛr] **v.** 比較
* **cheese** [tʃiz] **n.** 乳酪
* **favorite** [ˋfevərɪt] **adj.** 最喜愛的

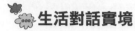 **場景 11 抱怨**

🌬️生活對話實境

A: ***I am sick and tired of doing homework.***
我對做作業感到厭煩。

B: I know. But you have to finish it before you go out.
我知道，但是你還是得把作業完成才能出去。

😛日常口語就醬用 *Speaking X Listening*

情境	口語
»沒見過這麼亂的地方。	I've never seen such a messy place.
»我再也受不了了。	I can't stand it anymore.
»那部電影真是讓我倒盡胃口。	That movie was a turn-off.
»你很糟糕。	You're terrible.
»我對做作業感到厭煩。	I am sick and ***tired*** of doing homework.
»我原以為會比這更好。	I was hoping for more.
»太讓人不滿意了。	It is far from my ***expectation***.
»你非得那麼做嗎？	Do you have to ***act*** like that?
»整理一下這裡吧。	Please ***clean up*** a bit around here.
»這跟我的期待不一樣。	It's not what I was expecting.

🐧這些單字一定要會

* **tired** [taɪrd] **adj.** 疲倦的、厭煩的
* **act** [ækt] **v.** 行動、扮演
* **expectation** [ˌɛkspɛkˋteʃən] **n.** 期待、期望
* **clean up** [klin ʌp] **ph.** 清理、收拾

寫作運用

I went to the movies with my friend last night. ***That movie spoiled my appetite. It was not as good as I expected. That left a lot to be desired.*** It wasted my time and money.

　　昨晚我和朋友去看電影，**那部電影真是讓我倒盡胃口。我期待的可不是這樣，太讓人不滿意了。**簡直浪費我的時間和金錢。

寫作閱讀要這樣用 *Writing X Reading*

» Never in my life have I seen such a mess!
沒見過這麼亂的地方。

» This is more than I can bear. 我再也受不了了。

» That movie ***spoiled*** my ***appetite***. 這部電影真是讓我倒盡胃口。

» You are horrible. 你很糟糕。

» Doing homework makes me sick and tired.
我對做作業感到厭煩。

» I was ***counting on*** more. 我原以為會比這更好。

» That leaves a lot to be ***desired***. 太讓人不滿意了。

» Must you carry out the action? 你非得那麼做嗎？

» Isn't it a good idea to clear up here? 整理一下這裡吧。

» It is not as good as I expected. 這跟我的期待不一樣。

這些單字一定要會

* **spoil** [spɔɪl] **v.** 破壞

* **appetite** [ˋæpə͵taɪt] **n.** 胃口、食欲

* **count on** [kaʊnt ɑn]
ph. 指望、依靠

* **desired** [dɪˋzaɪr]
adj. 渴望的、想得到的

場景 12 回應實用句

 生活對話實境

A: Now we have to make things clear.
　現在我們得先搞清楚狀況。

B: *You are right.*
　你說得對。

 日常口語就醬用 *Speaking X Listening*

情境	口語
»是的。	Yeah / yeh / yup.
»當然。	Sure.
»不。	*Nope*.
»絕不是。	Not at all.
»不可能。	No *way*.
»你說得對。	You are *right*.
»我不這麼想。	I don't suppose so.
»正是如此。	That's true.
»完全正確。	*Exactly*.
»我不這麼認為。	I don't think so.

🐟 這些單字一定要會

* **nope** [nop] **adv.** 不、不是

* **way** [we] **n.** 道路、方法

* **right** [ɾɛt] **adj.** 正確的、對的

* **exactly** [ɪg`zæktlɪ]
　adv. 正確地、恰好地

寫作運用

Meg thinks that Willy is my boyfriend. She thinks we are suitable to each other. ***Of course not. It's impossible.*** I don't even know him well, so ***I am not able to acknowledge what you said.***

　　梅格認為威力是我男友；她認為我們很配。**絕不是！不可能！**我甚至對他不瞭解，所以**我不這麼認為。**

寫作閱讀要這樣用 *Writing X Reading*

» Yes.　是的。

» Of course.　當然。

» No.　不。

» Of ***course*** not.　絕不是。

» It's ***impossible***.　不可能。

» You got the point.　你説得對。

» I would not ***say*** that.　我不這麼想。

» That is for sure.　正是如此。

» That is exactly how it is!　完全正確。

» I am not able to ***acknowledge*** what you said.
　我不這麼認為。

🐟 這些單字一定要會

* **course** [kors] **n.** 過程、道路
* **impossible** [ɪmˋpɑsəbḷ] **adj.** 不可能的

* **say** [se] **v.** 説
* **acknowledge** [əkˋnɑlɪdʒ] **v.** 承認

場景 13 難以回應對方時

 Track 051

生活對話實境

A: What happened?
　　發生什麼事了嗎？

B: *I don't know how to tell the terrible news.*
　　不知如何説出這個可怕的消息。

 日常口語就醬用 *Speaking X Listening*

情境	口語
» 等一下。	Give me a *minute*.
» 讓我想想。	Let me see.
» 我無話可説。	Words *failed* me.
» 我不知道應該怎麼説才好。	I don't know how to say this.
» 不知道説什麼好。	I lost my words.
» 無話可説。	I am *speechless*.
» 難以形容。	I don't know what to say.
» 我不清楚。	I don't know.
» 我的意思是……	I mean....
» 不知如何説出這個可怕的消息。	I don't know how to tell the terrible *news*.

🐢 這些單字一定要會

* **minute** [ˈmɪnɪt] **n.** 分鐘、片刻

* **speechless** [ˈspitʃlɪs]
  adj. 説不出話的、啞的

* **fail** [fel] **v.** 不及格、失敗

* **news** [njuz] **n.** 新聞、消息

寫作運用

Sally, don't push me. ***Wait for a while. Let me think for a while,*** because I ***do not know how to break the terrible news. It is beyond description.*** Hence, I can't tell you anything now.

**　　莎莉，別催我。等一下。讓我想想，**因為我**不知如何説出這個可怕的消息。真的難以形容。**所以現在我無可奉告。

 寫作閱讀要這樣用 *Writing X Reading*

» Wait for a while.　等一下。

» Let me think for a while.　讓我想想。

» I have nothing to say.　我無話可説。

» I don't quite know how to put this.
　我不知道應該怎麼説才好。

» I do not know how to say. 不知道説什麼好。

» I have no words for it.　無話可説。

» It is ***beyond description***.　難以形容。

» I am not sure.　我不清楚。

» What I want to say is that....　我的意思是……

» I do not know how to ***break*** the ***terrible*** news.
　不知如何説出這個可怕的消息。

✎ 這些單字一定要會

* **beyond** [bɪˋjɑnd] **prep.** 超過、越過
* **description** [dɪˋskrɪpʃən]
　n. 描述、描寫
* **break** [brek] **v.** 打破、中斷
* **terrible** [ˋtɛrəbl]
　adj. 可怕的、糟糕的

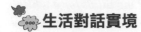 **場景 14 換個話題**

生活對話實境

A: How did your exam go?
　　考試的事情怎麼樣了？

B: *I don't want to talk about it.*
　　我不想談那件事。

日常口語就醬用 *Speaking X Listening*

情境	口語
» 換個話題吧。	Let's change the ***subject***.
» 説點別的吧！	Let's ***talk*** about something else.
» 説説你姐姐的事吧。	Say something about your sister.
» 我不想談。	I don't want to talk about it.
» 你剛才説什麼？	You were saying?
» 言歸正傳。	Let's get back to the subject.
» 啊，我想起來了。	Oh, it has come to me.
» 你説過了。	You've ***already*** told me.
» 説點新鮮的事吧！	Say something ***fresh***.
» 以後再説吧。	Let's talk about it later.

這些單字一定要會

* subject [səbˋdʒɛkt] **n.** 主題
* talk [tɔk] **v.** 講話、談話
* already [ɔlˋrɛdɪ] **adv.** 已經、早已
* fresh [frɛʃ] **adj.** 新鮮的、清新的

寫作運用

Let's change the topic. I would prefer not to talk about it.
Why don't you say something about your sister? If you are not
interested in that topic, *let's say something new.*

　　換個話題吧，我不想談那件事。說說你姐姐的事情吧。 如果
你對此話題無感，**說點新鮮的事吧！**

 寫作閱讀要這樣用 *Writing X Reading*

» Let's change the ***topic***.　換個話題吧。

» Let's talk about something ***different***.　說點別的吧！

» Why don't you say something about your sister?
　說說你姐姐的事吧。

» I would ***prefer*** not to talk about it.　我不想談。

» What were you saying?　你剛才說什麼？

» Let's get back to the point.　言歸正傳。

» Oh, that reminds me.　啊，我想起來了。

» You have told the same story before.　你說過了。

» Let's say something new.　說點新鮮的事吧！

» Let's leave it for ***another*** time.　以後再說吧。

✿ 這些單字一定要會

* topic ['tɑpɪk] **n.** 主題、話題
* different ['dɪfərənt] **adj.** 不同的

* prefer [prɪˋfɜ] **v.** 更喜歡、寧願
* another [əˋnʌðɚ]
　adj. 另一個、又一個

◀ Track 053

 生活對話實境

A: It's none of your business.
這不關你的事。

B: *How could you speak to me like that?*
你怎麼可以這樣對我説話？

日常口語就醬用 *Speaking X Listening*

情境	口語
» 看你幹的好事。	Look what you did!
» 都是你的錯！	It's all your fault.
» 他應該負責。	He should be responsible for it.
» 是你造成了這場意外。	This *accident* is because of you.
» 他不該做那件事。	He shouldn't do that.
» 你為何不能出點力？	Why can't you do something about it?
» 怎麼可以打破窗戶？	How could you break the *window*?
» 你怎麼可以這樣對我説話？	How could you speak to me like that?
» 你不覺得羞愧嗎？	Don't you feel *ashamed*?
» 你不應該不打招呼就離開。	You shouldn't have *left* without saying a word.

這些單字一定要會

* accident [ˈæksədənt] **n.** 事故、事件

* window [ˈwɪndo] **n.** 窗戶

* ashamed [əˈʃemd] **adj.** 羞愧的

* leave [liv] **v.** 離開

寫作運用

Gary, *it is you that should be blamed. You should be responsible for this accident. You should not have done it. Why did you break the window? Look at what you have done. Aren't you ashamed of yourself?* Think about it!

蓋瑞，**你應負責任。是你造成了這場意外。你不該做那件事。怎麼可以打破窗戶？看你幹的好事。你不覺得羞愧嗎？** 想想看吧！

 寫作閱讀要這樣用 *Writing X Reading*

» Look at what you have done. 看你幹的好事。

» It is all your *fault*! 都是你的錯！

» It is him that should be *blamed*. 他應該負責。

» You should be responsible for this accident.
是你造成了這場意外。

» He should not have done it. 他不該做那件事。

» Why don't you do something for it?
你為何不能出點力？

» Why did you break the window? 怎麼可以打破窗戶？

» How dare you speak to me in such a *tone*?
你怎麼可以這樣對我說話？

» Aren't you *ashamed of* yourself? 你不覺得羞愧嗎？

» You should not have left without a word.
你不應該不打招呼就離開。

這些單字一定要會

* **fault** [fɔlt] **n.** 故障、錯誤
* **blame** [blem] **v.** 責備
* **tone** [ton] **n.** 語氣、音調
* **ashamed of** [əˈʃemd ɑv] **ph.** 難為情、對⋯感到羞愧

場景 16 催促

🌿 **生活對話實境**

A: *Let's blow!*
　　我們得趕快離開。

B: Please don't worry. We still have time.
　　請不要擔心，我們還有時間。

 日常口語就醬用 *Speaking X Listening*

情境	口語
» 我們得趕緊離開！	Let's *blow*!
» 快點！要不我們就遲到了。	Hurry up! Or we'll be late.
» 開快點！	*Step on it*.
» 快點，我們去戲院要遲到了。	Come on, we'll be late for the show.
» 請催促他們寄樣品來。	Please *urge* them to send the sample.
» 快跟他解釋一下。	*Explain* it to him fast.
» 快點睡吧！	Get to bed!
» 你快唱首歌吧！	Sing us a song right now!
» 你趕緊催催他。	Tell him to move it.
» 別催我！	Don't push me!

🐭 **這些單字一定要會**

* **blow** [blo] **v.** 吹、打擊

* **step on it** [ˋstɛp ʌn ʌt] **ph.** 加速、踩油門

* **urge** [ɝdʒ] **v.** 催促、驅使

* **explain** [ɪkˋsplen] **v.** 解釋、說明

寫作運用

Judy, it's ten now. *We must run along! Please hurry up! Otherwise we'll be late.* She just said coldly, *"Please do not rush me."* She is that kind of person.

茱蒂，十點了。**我們得趕緊離開！快點！要不我們就遲到了**。她只是冷冷地說：「**別催我！**」她就是這種人。

寫作閱讀要這樣用 *Writing X Reading*

» We must run along!　我們得趕緊離開！

» Please hurry up! *Otherwise* we'll be late.
快點！要不我們就遲到了。

» *Speed* up!　開快點！

» Quick, or we'll be late for the *movie*.
快點，我們去戲院要遲到了。

» Please *push* them to send the sample.
請催促他們寄樣品來。

» Give him an explanation immediately.　快跟他解釋一下。

» Time for bed.　快點睡吧！

» Please sing a song for us right now.　你快唱首歌吧！

» Give him a push immediately.　你趕緊催催他。

» Please do not rush me.　別催我！

🔖 這些單字一定要會

* **otherwise** [ˈʌðəˌwaɪz] **adv.** 否則
* **speed** [spid] **v.** 開快
* **movie** [muvɪ] **n.** 電影
* **push** [puʃ] **v.** 催促、要求

場景 **17** 解釋説明

🌥 生活對話實境

A: ***I want to clarify a point I have made.***
　 我希望就我之前所説的那點做一下澄清。

B: Sure. Go ahead, please.
　 好吧，請説。

 日常口語就醬用 *Speaking X Listening*

情境	口語
» 請允許我解釋一下。	Let me try and clear this up a ***bit***.
» 我想説的是我並沒有這樣做。	I wanted to say that I didn't do it.
» 請給我機會讓我説明一下。	Please give me a chance to explain.
» 我想澄清一下我所説過的。	I want to ***clarify*** a point I have made.
» 我會簡單説明一下現況。	I'll shortly explain the ***situation*** now.
» 你對這一切作何解釋？	What do you make of it all?
» 我真正想告訴你的是我愛你。	What I really wanted to say was that I love you.
» 我這麼做是為了節省時間。	My reason of doing it is to save time.
» 我來解釋一下英語的規則。	Let me explain the principles of English.
» 你誤會我了。	You've ***mistaken*** me.

🦜 這些單字一定要會

* **bit** [bɪt] **n.** 一點兒、少量
* **situation** [ˌsɪtʃʊˋeʃən] **n.** 情況、處境
* **clarify** [ˋklærəˌfaɪ] **v.** 澄清、闡明
* **mistaken** [ˋmɪstekən] **v.** 誤會

寫作運用

Vicky, listen to me carefully. *I had meant to say that I did not do it. You have misunderstood me*, so *please give me a chance to explain. I would like to make a clarification of this matter.*

維琪，請仔細聽我說。**我之前想說的是我並沒有這樣做。你誤會我了**，所以**請給我機會讓我說明一下。我希望澄清一下這件事。**

 寫作閱讀要這樣用 *Writing X Reading*

» Please allow me to explain this.　請允許我解釋一下。

» I had meant to say that I did not do it.
我想說的是我並沒有這樣做。

» Please give me a chance to explain.
請給我機會讓我說明一下。

» I would like to make a *clarification* of this matter.
我想澄清一下我所說過的。

» I'll *briefly* talk about what is going on right now.
我會簡單說明一下現況。

» How do you explain this all?　你對這一切作何解釋？

» What I really wanted to tell you was that I am in love
with you.　我真正想告訴你的是我愛你。

» The **reason** I did it that way is to save time.
我這麼做是為了節省時間。

» Please allow me to explain the *principles* of English.
我來解釋一下英語的規則。

» You have misunderstood me.　你誤會我了。

🐟 這些單字一定要會

* **clarification** [ˌklærəfəˈkeʃən]
　n. 澄清、說明

* **briefly** [ˈbriflɪ]
　adv. 簡略地、暫時地

* **reason** [ˈrizṇ] **n.** 原因

* **principle** [ˈprɪnsəpḷ]
　n. 原則、原理

場景 18 徵得同意

生活對話實境

A: *What do you think of my idea?*
   你覺得我的想法怎麼樣？

B: It's fantastic.
   太棒了！

日常口語就醬用 *Speaking X Listening*

情境	口語
» 你覺得我説得對嗎？	Do you think I am right?
» 你同意我的觀點嗎？	Do you agree with me?
» 你覺得我的想法怎麼樣？	What do you think of my idea?
» 為獲批准，我做了充分的準備。	I fully prepared for your consent.
» 請採納這個最佳方案。	Please use this best *decision*.
» 老闆同意我的想法嗎？	Does the boss agree with my idea?
» 我這樣畫是對的嗎？	Am I right to *draw* like that?
» 你可以理解我的想法嗎？	Can you *catch* on my idea?
» 這個計畫很棒，是不是？	It is a good idea, isn't it?
» 你會同意我的提議嗎？	Will you *approve* my proposal?

這些單字一定要會

* **decision** [dɪˋsɪʒən] **n.** 決定、決心
* **draw** [drɔ] **v.** 畫
* **catch** [kætʃ] **v.** 理解、抓住
* **approve** [əˋpruv] **v.** 贊成、批准

寫作運用

　　Mr. White, *do you think what I said is right? Do you agree with my opinion? Can I get your consent to my proposal? I make full preparation so as to get your consent. Please adopt the best option.* If you have any question, please let me know.

　　懷特先生，**你覺得我說的對嗎？你同意我的觀點嗎？為獲批准，我做了充分的準備。請採納這個最佳方案。**若有疑問，請讓我知道。

 ## 寫作閱讀要這樣用 *Writing X Reading*

» Do you think what I said is right?　你覺得我說得對嗎？

» Do you agree with my opinion?　你同意我的觀點嗎？

» What do you feel about my opinion?
你覺得我的想法怎麼樣？

» I make full *preparation* so as to get your consent.
為獲批准，我做了充分的準備。

» Please *adopt* the best option.　請採納這個最佳方案。

» Does the boss *consent* to my opinion?
老闆同意我的想法嗎？

» Is it correct to draw like that?　我這樣畫是對的嗎？

» Do you understand what I said?　你可以理解我的想法嗎？

» It is a good plan, isn't it?　你會同意我的提議嗎？

» Can I get your consent to my *proposal*?
這個計畫很棒，是不是？

這些單字一定要會

* **preparation** [ˌprɛpəˈreʃən]
  n. 預備、準備

* **adopt** [əˈdɑpt] **v.** 採取、接受

* **consent** [kənˈsɛnt] **v.** 同意、贊成

* **proposal** [prəˈpozl]
  n. 提議、建議

🔊 **Track 057**

🎙️ **生活對話實境**

A: *I'm sorry for not being able to get together with you this weekend.*
　　我很遺憾週末不能和你們一起度過。

B: That's all right. Have a good time.
　　沒關係啦，祝你玩得愉快啊！

 日常口語就醬用 *Speaking X Listening*

情境	口語
» 聽到這個消息我很遺憾。	I'm sorry to hear that.
» 對此我深表遺憾。	I'm really sorry about that.
» 人的一生總會有遺憾的事。	There's always sorrows in one's life.
» 別遺憾，你還會有機會的。	Don't be sad, you will have another chance.
» 我很遺憾沒能奪得第一名。	I'm sorry I didn't win at the *first* place.
» 真遺憾！	What a *pity*!
» 他的離去是我們團隊的遺憾。	It's a pity that our *team* let him go.
» 我很遺憾週末不能和你們一起度過。	I'm sorry for not being able to get together with you this *weekend*.
» 努力奮鬥才沒有遺憾。	Work hard and you'll have no pity.
» 很難過你這次沒考好。	I'm sorry you didn't do well on the exam.

🐢 **這些單字一定要會**

* **first** [fɝst] **adj.** 第一個的
* **pity** [ˋpɪtɪ] **n.** 憐憫、同情
* **team** [tim] **n.** 隊伍
* **weekend** [ˋwik͵ɛnd] **n.** 週末

寫作運用

My dear sister, *it is a great pity. I feel bad for you because you failed to do well on the examination. There is no life without a sorrow;* therefore, *do not feel bad, there will be more chances for you.* Try your best, and never give up!

　　親愛的妹妹，**真遺憾！很難過妳這次沒考好。人的一生總會有遺憾的事。因此，別遺憾，妳還會有機會的。**只要盡其所能，永不放棄。

 寫作閱讀要這樣用 *Writing X Reading*

» I feel *bad* to hear the news.　聽到這個消息我很遺憾。

» I am greatly sorry about.　對此我深表遺憾。

» There is no life without a sorrow.
人的一生總會有遺憾的事。

» Do not feel bad, there will be more chances for you.
別遺憾，你還會有機會的。

» It is a pity that I didn't *win* the NO.1.
我很遺憾沒能奪得第一名。

» It is a great pity.　真遺憾！

» His leaving is a great pity for our team.
他的離去是我們團隊的遺憾。

» I feel sorry for not being *able* to spend the weekend together.　我很遺憾週末不能和你們一起度過。

» You will feel sorry unless you work hard.
努力奮鬥才沒有遺憾。

» I feel bad for you because you failed to do well on the *examination*.　很難過你這次沒考好。

🎧 **這些單字一定要會**

* **bad** [bæd] **adj.** 差的、不好的

* **win** [wɪn] **v.** 奪下、贏得

* **able** [ˈebḷ] **adj.** 有能力的

* **examination** [ɪɡ͵zæməˈneʃən] **n.** 考試、考查

場景 20 慰藉他人

生活對話實境

A: I'm so sad that I do not know what to do .
我太難過了,不知道該怎麼辦。

B: ***We're at your side.***
我們都會在你身邊的。

 日常口語就醬用 *Speaking X Listening*

情境	口語
» 我們都會在你身邊的。	We're at your *side*.
» 你已經做得很好了。	You've done well.
» 別著急。	Take it *easy*.
» 別難過了。	Don't be sad.
» 你怎麼了?	What's the problem?
» 你還好嗎?	Are you okay?
» 這不是你的錯。	It's not your *fault*.
» 不用擔心。	Don't *worry*.
» 我們都會幫你。	We'll help you.
» 很快就會康復的。	You'll get well soon.

這些單字一定要會

* side [saɪd] **n.** 方面、側面
* easy [ˈizɪ] **adj.** 簡單的、輕鬆的
* fault [fɔlt] **n.** 故障、錯誤
* worry [ˈwɝɪ] **v.** 擔心、煩惱

寫作運用

You are a good girl. ***Don't feel hard. It is none of your fault. Don't be worried about it. We will give you our hands.*** Just remember one thing. ***We'll always be with you.***

你是好孩子，**別難過了。這不是你的錯，你不用擔心。**而且，**我們會幫助你的。**只要記住一件事，**我們都會在你身邊的。**

 寫作閱讀要這樣用 *Writing X Reading*

» We'll ***always*** be with you. 我們都會在你身邊的。

» What you have done is well ***enough***. 你已經做得很好了。

» You should cool down. 別著急。

» Don't feel hard. 別難過了。

» Is there anything ***wrong***? 你怎麼了？

» Are you all right? 你還好嗎？

» It is none of your fault. 這不是你的錯。

» Don't be worried about it. 不用擔心。

» We will give you our hands. 我們都會幫你。

» You will ***recover*** soon. 很快就會康復的。

✎ 這些單字一定要會

* **always** [ɔlwes] **adj.** 總是、一直

* **enough** [ə`nʌf] **adj.** 足夠的

* **wrong** [rɔŋ] **adj.** 錯誤的、失常的

* **recover** [rɪ`kʌvɚ] **v.** 恢復、彌補

場景 21 鼓勵他人

🌸 **生活對話實境**

A: ***Keep it up!***
　 保持下去！

B: OK, I'll try my best.
　 好，我會盡力的。

 日常口語就醬用 *Speaking X Listening*

情境	口語
» 做得真棒！	Well done!
» 請再試一試！	Try again, please!
» 做得好！	Good ***job***!
» 保持下去！	Keep it up!
» 更好了！	That's better!
» 進步滿多的。	That's quite an ***improvement***!
» 沒錯！	***Absolutely***!
» 你就快成功了！	You almost made it!
» 你每天都在進步！	You are getting better every day!
» 你是做得最好的！	I've ***never*** seen anyone do it better!

🐟 **這些單字一定要會**

* **job** [dʒɑb] **n.** 工作、職業

* **improvement** [ɪmˋpruvmənt] **n.** 改進、改善

* **never** [ˋnɛvɚ] **adv.** 從不、決不

* **absolutely** [ˋæbsəˌlutlɪ] **adv.** 絕對地、完全地

寫作運用

Hanks, ***good work! Keep on trying!*** In fact, ***you are really improving! You are improving day by day.*** I am so proud of you. ***Try again, you will succeed.***

漢克斯，**做得好！保持下去！**事實上，**這進步不小啊！你每天都在進步！**我真的以你為榮，**你就快成功了！**

寫作閱讀要這樣用 *Writing X Reading*

» You are doing beautifully! 做得真棒！

» Have a ***try*** again, please! 請再試一試！

» Good work! 做得好！

» Keep on trying! 保持下去！

» That is so much better! 更好了！

» You are really improving! 進步滿多的。

» That is right! 沒錯！

» Try again, you will ***succeed***. 你就快成功了！

» You are ***improving*** day by day. 你每天都在進步！

» I have never found ***anyone*** better than you.
　你是做得最好的！

🐟 這些單字一定要會

* **try** [traɪ] **v.** 努力、嘗試
* **improve** [ɪm`pruv] **v.** 改善、增進
* **succeed** [sək`sid] **v.** 成功、繼承
* **anyone** [`ɛnɪˏwʌn] **pron.** 任何人、任何一個

場景 22 使他人冷靜

🍃 生活對話實境

A: I can't help crying out loud.
　我忍不住想大哭。

B: *Keep your shirt on.*
　保持冷靜。

 ### 日常口語就醬用 *Speaking X Listening*

情境	口語
» 深呼吸並冷靜下來。	Take a deep breath and calm yourself down.
» 喘口氣吧。	Take a deep *breath*.
» 保持冷靜。	Keep your shirt on.
» 別衝動。	*Calm* down.
» 冷靜一點。	Cool it.
» 這樣做只會更糟。	This is not going to help.
» 我無法冷靜下來。	I can't calm down.
» 別太激動。	Don't get into a flap.
» 欲速則不達。	Being *hotheaded* is not good.
» 復仇並不能挽回什麼。	*Revenge* is not going to help.

🍬 這些單字一定要會

* **breath** [brɛθ] **n.** 呼吸

* **calm** [kɑm] **v.** 冷靜

* **hotheaded** [ˈhɑtˈhɛdɪd] **adj.** 性急的

* **revenge** [rɪˈvɛndʒ] **n.** 報復、復仇

寫作運用

Larry, ***control yourself. Keep cool. This is not going to do any better. Revenge doesn't mean anything.*** Now, ***you should breathe in deeply and cool down.***

賴瑞，**別衝動，冷靜一點，這樣做只會更糟。復仇並不能挽回什麼。**現在，**深呼吸並冷靜下來。**

寫作閱讀要這樣用 *Writing X Reading*

» You should breathe in deeply and cool down.
深呼吸並冷靜下來。

» Take a deep breath. 喘口氣吧。

» ***Maintain*** your ***composure***. 保持冷靜。

» ***Control*** yourself. 別衝動。

» Keep cool. 冷靜一點。

» This is not going to do any better. 這樣做只會更糟。

» I can not control my temper. 我無法冷靜下來。

» Don't be too excited. 別太激動。

» ***Actuation*** is monster. 欲速則不達。

» Revenge doesn't mean anything. 復仇並不能挽回什麼。

🐟 這些單字一定要會

* **maintain** [menˋten] **v.** 維持、繼續
* **control** [kənˋtrol] **v.** 控制
* **composure** [kəmˋpoʒɚ] **n.** 鎮靜、沉著
* **actuation** [ˌæktʃuˋeʃən] **n.** 衝動、激動

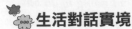 **場景 23 關切之情**

🔊 **Track 061**

🗨️ **生活對話實境**

A: ***Why are you so glum?***
　　你怎麼悶悶不樂的呀？

B: I failed the final exam.
　　我期末考試不及格。

 日常口語就醬用 *Speaking X Listening*

情境	口語
» 你該放鬆一下。	You should take it easy.
» 誰惹你生氣了？	Who has irritated you?
» 你今天看上去很悲傷。	You look ***sad***.
» 我擔心你。	I was worried about you.
» 你在擔心什麼？	What are you worrying about?
» 你看起來很累。	You look very ***tired***.
» 你該休息會兒了。	You need a ***rest***.
» 我可以幫你嗎？	May I help you?
» 你怎麼悶悶不樂的？	Why are you so ***glum***?
» 你今天有點不大對勁。	You are not yourself today.

🛸 **這些單字一定要會**

* sad [sæd] **adj.** 悲傷的

* tired [taɪrd] **adj.** 疲倦的

* rest [rɛst] **n.** 休息

* glum [glʌm] **adj.** 陰沉的、憂鬱的

寫作運用

My friend, *you look grave. You do not look very happy. I am concerned about you. You seem different today. Who are you irritated with? Do you need a hand?* I hope you feel better after our talk.

　　我親愛的朋友，**你今天看上去很悲傷。你怎麼悶悶不樂的？我擔心你，你今天有點不大對勁。誰激怒你？我可以幫你嗎？** 希望和我聊完後，能覺得開心點。

 寫作閱讀要這樣用 *Writing X Reading*

» You need to be relaxed a bit.　你該放鬆一下。

» Who are you *irritated* with?　誰惹你生氣了？

» You look *grave*.　你今天看上去很悲傷。

» I was concerned about you.　我擔心你。

» What are you worrying about?　你在擔心什麼？

» You look *exhausted*.　你看起來很累。

» You need to take a break.　你該休息會兒了。

» Do you a need hand?　我可以幫你嗎？

» You do not look very happy.　你怎麼悶悶不樂的？

» You seem *different* today.　你今天有點不大對勁。

🐌 **這些單字一定要會**

* irritate [ˋɪrəˏtet] **v.** 使煩躁

* exhausted [ɪgˋzɔstɪd]
　adj. 疲憊的、耗盡的

* grave [grev] **adj.** 嚴肅的、暗淡的

* different [ˋdɪfərənt] **adj.** 不同的

場景 24 表示同情

生活對話實境

A: I lost my job. You can't imagine how much I loved it.
　　我失業了，你無法想像我有多愛那份工作。

B: ***I'm sorry to hear that.***
　　對於這件事我很難過。

 日常口語就醬用 *Speaking X Listening*

情境	口語
»別擔心，以後會更好。	Never mind. Better *luck* next time.
»太遺憾了！	What a pity.
»那你肯定很難受吧。	It must be hard on you.
»我理解你的心情。	I know how you feel.
»我真的同情你。	I really feel pity for you.
»我很同情你家的遭遇。	I feel pity for your *family*.
»你已經盡力了。	I know you tried your best.
»這個小孩好可憐呀！	How *poor* the *kid* is!
»我們應該為他做點什麼。	We should do something for him.
»對於這件事我很難過。	I'm sorry to hear that.

這些單字一定要會

* **luck** [lʌk] **n.** 運氣、幸運
* **poor** [pʊr] **adj.** 可憐的
* **family** [ˈfæməlɪ] **n.** 家庭、家人
* **kid** [kɪd] **n.** 孩子

寫作運用

Dear Dora, *I am sorry about that. It must be tough for you. I can understand your feelings. Don't worry, things can only get better. We should do something for you*. If you need any help, don't hesitate to let us know.

　　朵拉，**對於這件事我很難過。那妳肯定很難受吧。我理解妳的心情。別擔心，以後會更好。我們應該為妳做點什麼。**有任何需要，不要猶豫讓我們知道喔。

 寫作閱讀要這樣用 *Writing X Reading*

» Don't worry, things can only get better.
別擔心，以後會更好。

» It is a shame.　太遺憾了！

» It must be *tough* for you.　那你肯定很難受吧。

» I can understand your feelings.　我理解你的心情。

» I really *sympathize* with you.　我真的同情你。

» I have deep *sympathy* for your family.
我很同情你家的遭遇。

» I know you have put a lot of *efforts*.　你已經盡力了。

» What a poor kid he / she is!　這個小孩好可憐呀！

» We should do something for him.
我們應該為他做點什麼。

» I am sorry about that.　對於這件事我很難過。

這些單字一定要會

* **tough** [tʌf] **adj.** 艱苦的、困難的
* **sympathize** [ˋsɪmpəˏθaɪz] **v.** 同情、憐憫
* **sympathy** [ˋsɪmpəθɪ] **n.** 同情
* **effort** [ˋɛfɚt] **n.** 努力、心力

場景 25 祝福

生活對話實境

A: **Happy birthday!**
祝你生日快樂！

B: Thank you very much.
謝謝你啦。

 日常口語就醬用 *Speaking X Listening*

情境	口語
» 祝你好運！	Good luck!
» 佳節愉快。	I **wish** you a happy holiday.
» 祝你身體健康！	I wish you **health**.
» 祝你生日快樂！	Happy birthday!
» 玩得開心！	Have a good time!
» 祝你早日康復！	I hope you recover soon.
» 祝婚姻幸福！	Have a happy marriage.
» 順頌時祺！	**Season**'s greetings.
» 祝旅途愉快！	Have a good **trip**!
» 祝您工作順利！	I hope your work is going well.

這些單字一定要會

* wish [wɪʃ] **v.** 希望、祝願
* health [`hɛlθ]
  adj. 健康的、健全的

* season [`sizn̩] **n.** 季節、時節
* trip [trɪp] **n.** 旅行、行程

寫作運用

　　Christmas is coming. *May the beauty of the holidays be yours.* I am taking a trip to Paris. What are you planning to do? If you plan to travel abroad, *Wish you a pleasant journey. Enjoy your time!*

　　聖誕節將至，**佳節愉快**，我將去巴黎旅行。你計畫做什麼呢？如果你計畫出國旅行，**祝旅途愉快！**最後，**玩得開心！**

 寫作閱讀要這樣用 *Writing X Reading*

» Have a good luck!　祝你好運！

» May the beauty of the holidays be yours.　佳節愉快。

» May health always be with you.　祝你身體健康！

» Happy *birthday* to you. 祝你生日快樂！

» Enjoy your time!　玩得開心！

» May you recover *soon*.　祝你早日康復！

» I wish you a happy marriage. 祝婚姻幸福！

» Please receive my season's *greetings*.　順頌時祺！

» Wish you a *pleasant* journey.　祝旅途愉快！

» I hope everything goes well with your work.
　祝您工作順利！

🐟 這些單字一定要會

* **birthday** [ˈbɝθˌde] **n.** 生日
* **soon** [sun] **adv.** 一會兒、不久
* **greeting** [ˈgritɪŋ] **n.** 問候、招呼
* **pleasant** [ˈplɛznt]
  adj. 令人愉快的、舒適的

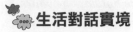 **場景 26 引起關注**

🐾 生活對話實境

A: *Look*, there's a cat.
你看，那邊有隻小貓。

B: Oh, it's so cute.
天啊，好可愛喔！

 日常口語就醬用 *Speaking X Listening*

情境	口語
» 請注意！	*Attention*, please.
» 上課請專心。	Pay attention in class.
» 請把注意力集中在學習上。	Please focus your attention on your school work.
» 請關注我們的產品。	Please *notice* our products.
» 請繼續關注我們的節目。	Please tune in to our program.
» 請對此多加關注。	Please give it your attention.
» 你看，那邊有隻小貓。	Look, there's a cat.
» 注意了，衣服大減價！	Attention, clothes are *on sale*.
» 請繼續關注他們的情況。	Please *continue* to follow up on their situation.
» 你瞧！	Look!

🗣 這些單字一定要會

* **attention** [əˋtɛnʃən]
  n. 注意力、關心

* **notice** [ˋnotɪs] **v.** 注意、留意

* **on sale** [ɑn sel] **ph.** 減價

* **continue** [kənˋtɪnju] **v.** 繼續、延續

寫作運用

Hello, Allan. You failed the history test again. You need some advices. ***Please focus your attention on study. Should you center your attention on your study issue.*** Moreover, do your homework after school instead of watching TV.

嗨囉，艾倫，你歷史又考不及格，你需要一些忠告。**上課請專心，請把注意力集中在學習上。**還有，放學後馬上寫作業，而不是看電視。

寫作閱讀要這樣用 *Writing X Reading*

» Please give me your attention.　請注意！

» Should you ***center*** your attention on your study issue.
上課請專心。

» Please ***focus*** your attention on study.
請把注意力集中在學習上。

» Please pay attention to our products.　請關注我們的產品。

» We hope you would continue to ***watch*** our program.
請繼續關注我們的節目。

» Please pay more attention to it.　請對此多加關注。

» You see, a cat is there.　你看，那邊有隻小貓。

» Please pay attention, clothes are on sale.
注意了，衣服大減價！

» Please give your attention to their ***situation***.
請繼續關注他們的情況。

» You see!　你瞧！

✏ 這些單字一定要會

* **center** [ˈsɛntə] **v.** 以……為中心
* **focus** [ˈfokəs] **v.** 集中
* **watch** [watʃ] **v.** 觀看、看
* **situation** [ˌsɪtʃuˈeʃən] **n.** 情況、形勢

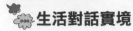 **商量／溝通**

🪰**生活對話實境**

A: ***Do you know who owns that castle?***
   你知道那座城堡的主人是誰嗎？

B: Sorry, I don't know.
   對不起，我不知道。

日常口語就醬用 *Speaking X Listening*

情境	口語
» 你知道其中的祕密嗎？	Do you know the secret to it?
» 能告訴我他們之間是怎麼回事嗎？	Can you tell me what happened between them?
» 你能告訴我他跟你説的悄悄話嗎？	Can you tell me what he secretly told you?
» 請告訴我這個禮物是誰送的？	Could you tell me who sent this *gift* to me?
» 你知道宇宙的起源嗎？	Do you know the origin of the universe?
» 使這道菜好吃的祕訣在於醬汁。	The secret of this dish is in the sauce.
» 能告訴我他成功的祕訣是什麼嗎？	Can you tell me how he did it?
» 你能告訴我誰買了那件古董嗎？	Can you tell me who bought that *antique*?
» 你知道那座城堡的主人是誰嗎？	Do you know who owns that *castle*?
» 你知道這其中的原理嗎？	Do you know the *principle* of it?

🐟**這些單字一定要會**

* **gift** [gɪft] **n.** 禮物、禮品
* **castle** [ˋkæsḷ] **n.** 城堡
* **antique** [ænˋtik] **n.** 古董、古玩
* **principle** [ˋprɪnsəpḷ] **n.** 原理、原則

寫作運用

Dave, Leon and Lily haven't talked to each other for two days. ***Could you explain what's going on with them? Have you heard the secret to it?*** Let's go out for dinner tonight. I am curious about it.

　　戴福，里歐和莉莉已經兩天沒說話了。**能告訴我他們之間是怎麼回事嗎？你知道其中的祕密嗎？**今晚我們一起去吃個晚餐吧！我很好奇。

寫作閱讀要這樣用 *Writing X Reading*

» Have you heard the secret to it?　你知道其中的祕密嗎？

» Could you ***explain*** what's going on with them？
能告訴我他們之間是怎麼回事嗎？

» Could you let me know what he had told you ***secretly***？
你能告訴我他跟你說的悄悄話嗎？

» Could you please tell me who sent me this gift？
請告訴我這個禮物是誰送的？

» Do you know the ***evolution*** of universe？
你知道宇宙的起源嗎？

» It is the sauce that makes this dish so tasty.
使這道菜好吃的祕訣在於醬汁。

» Could you tell me his ***method*** to succes？
能告訴我他成功的祕訣是什麼嗎？

» Could you please tell me who bought that antique？
你能告訴我誰買了那件古董嗎？

» Do you know who the owner of the castle is？
你知道那座城堡的主人是誰嗎？

» Do you know how it works?　你知道這其中的原理嗎？

✎ 這些單字一定要會

* **explain** [ɪkˋsplen] **v.** 說明、解釋
* **secretly** [ˋsikrɪtlɪ]
　adv. 祕密地、私下地
* **evolution** [ͺɛvəˋluʃən] **n.** 演變、進展
* **method** [ˋmɛθəm] **n.** 方法、條理

Part3

生活 日常

篇

Part 3 音檔雲端連結

因各家手機系統不同，若無法直接掃描，
仍可以至以下電腦雲端連結下載收聽。
(https://tinyurl.com/2r9hac7j)

場景 01 起床

🔊 **Track 066**

🎙 生活對話實境

A: Lisa, **get up soon, or you'll be late.**
麗莎，**趕緊起床，不然就遲到了。**

B: Ten more minutes please....
再給我十分鐘。

😃 日常口語就醬用 *Speaking X Listening*

情境	口語
» 能幫我關掉鬧鐘嗎？	Would you **turn off** the alarm clock?
» 該起床了！	Get up!
» 我真不想起床。	I don't wanna get up.
» 你醒了嗎？	Are you **awake**?
» 鬧鐘響了嗎？	Did the alarm clock **ring** / buzz?
» 你終於起來了。	You finally got up.
» 我還是很想睡！	I'm still **sleepy**.
» 趕緊起床，不然就遲到了。	Get up soon, or you'll be late.
» 寶貝，你起得太晚了。	Honey, you get up too late.
» 我喜歡早起。	I'm a morning person.

🐟 這些單字一定要會

* **turn off** [tɝn ɔf] **ph.** 關閉
* **awake** [əˈwek] **adj.** 醒著的
* **ring** [rɪŋ] **v.** 鈴響
* **sleepy** [ˈslipɪ] **adj.** 想睡的

寫作運用

My mom said, ***"It is time to get out of bed. Get out of your bed right now, or you will be late."*** Actually, ***I really don't want to get out of my bed. I am still drowsy.*** But if I don't get up now, I will be late...

媽媽說：「**該起床了！趕緊起床，不然就遲到了。**」其實，**我真不想起床；我還是很想睡！**但如果我現在不起床，我一定會遲到……

 寫作閱讀要這樣用 *Writing X Reading*

» Would you please turn off the alarm *clock* for me?
能幫我關掉鬧鐘嗎？

» It is time to get out of bed. 該起床了！

» I really don't want to get out of my bed. 我真不想起床。

» Did you ***wake up***? 你醒了嗎？

» Did the ***alarm*** clock go off? 鬧鐘響了嗎？

» You finally get out of your bed. 你終於起來了。

» I am still ***drowsy***. 我還是很想睡！

» Get out of your bed right now, or you will be late.
趕緊起床，不然就遲到了。

» Darling, you get up too late. 寶貝，你起得太晚了。

» I like to get up early. 我喜歡早起。

這些單字一定要會

* **clock** [klɑk] **n.** 鬧鐘
* **wake up** [wek ʌp] **ph.** 起床
* **alarm** [əˈlɑrm] **n.** 警報
* **drowsy** [ˈdrauzɪ] **adj.** 昏昏欲睡的

場景 02 出門

🌰 生活對話實境

A: ***Are you all set?***
　　準備好了嗎？

B: Wait, five more minutes!
　　等等，再五分鐘！

 日常口語就醬用 *Speaking X Listening*

情境	口語
» 幾點出門？	What time do we leave?
» 我們可以走了嗎？	Can we go now?
» 準備好了嗎？	Are you all ***set***?
» 我們應該幾點走比較好？	When shall we ***leave***?
» 我們幾點能到？	When do we get there?
» 東西都帶了嗎？	Do you have all your things with you?
» 快點換衣服吧。	Change your clothes ***quickly***.
» 什麼時候回來？	When will you get back?
» 我們走吧。	Let's get going.
» 出門的時候，可別忘了鎖門。	***Remember*** to lock the door when you leave.

🍬 這些單字一定要會

* set [sɛt] **v.** 設置、安排
* leave [liv] **v.** 離開
* quickly [ˋkwɪklɪ] **adv.** 快速地
* remember [rɪˋmɛmbɚ] **v.** 記住

寫作運用

Are you ready, Wendy*? Can we take off now? Is everything with you? Don't forget to lock the door when you go out.* Recently, Sunny's purse was stolen by a thief.

溫蒂，**準備好了嗎？我們可以走了嗎？東西都帶了吧？出門的時候，可別忘了鎖門**。最近，珊妮的皮夾才被小偷偷走。

 寫作閱讀要這樣用 *Writing X Reading*

» What time are we taking off?　幾點出門？

» Can we take off now?　我們可以走了嗎？

» Are you *ready*?　準備好了嗎？

» What time shall we leave?　我們應該幾點走比較好？

» What time do we *arrive*?　我們幾點能到？

» Is everything with you?　東西都帶了嗎？

» Please change your clothes quickly.　快點換衣服吧。

» When will you *return* home?　什麼時候回來？

» Let's *take off*.　我們走吧。

» Don't forget to lock the door when you go out.
　出門的時候，可別忘了鎖門。

🐟 **這些單字一定要會**

* **ready** [ˋrɛdɪ] **adj.** 準備好的

* **arrive** [əˋraɪv] **v.** 到達

* **return** [rɪˋtɝn] **v.** 回來

* **take off** [tek ɔf] **ph.** 離開

場景 03 返家

生活對話實境

A: Where are you now?
你現在在哪裡？

B: *I'm on my way home.*
我在回家的路上。

日常口語就醬用 *Speaking X Listening*

情境	口語
» 我回來了。	I'm back!
» 該回家了！	It is time to go back.
» 你怎麼回家？	How do you go home?
» 我走路回家。	I *walked* home.
» 你通常什麼時候回家？	When do you usually go home?
» 我六點去接你回家。	I'll *pick* you up at 6.
» 我可以開車送你回家。	I can *drive* you home.
» 回家路上當心。	Be *careful* on the way home.
» 歡迎回來。	Welcome home.
» 我在回家的路上。	I'm on my way home.

這些單字一定要會

* **walk** [wɔk] **v.** 走路
* **pick** [pɪk] **v.** 撿
* **drive** [draɪv] **v.** 開車
* **careful** [ˈkɛrfəl] **adj.** 小心的

寫作運用

Wow, it is 9 pm now. ***Be safe on your way home. How do you go home.*** It is late now, *I can take you home by car.* Let's go now.

哦，九點了。**回家路上當心。你怎麼回家？**現在很晚了，所以**我可以開車送你回家**。現在出發吧。

 寫作閱讀要這樣用 *Writing X Reading*

» I'm home.　我回來了。

» It is time for us to go home.　該回家了！

» How do you go *home*?　你怎麼回家？

» I went home ***on foot***.　我走路回家。

» What time do you usually go back?　你通常什麼時候回家？

» I will go ***bring*** you home at 6:00.　我六點去接你回家。

» I can take you home by car.　我可以開車送你回家。

» ***Be safe*** on your way home.　回家路上當心。

» Welcome back!　歡迎回來。

» I am returning to my home.　我在回家的路上。

✎ 這些單字一定要會

* **home** [hom] **n.** 家
* **on foot** [ɑn fʊt] **ph.** 步行

* **bring** [brɪŋ] **v.** 帶
* **be safe** [bɪ sef] **ph.** 小心注意安全

作息／睡覺

 Track 069

 生活對話實境

A: ***Did you get a good rest?***
　　有好好休息嗎？

B: Well, kind of.
　　嗯，還可以啦。

 日常口語就醬用 *Speaking X Listening*

情境	口語
»該睡覺了。	It's time for bed.
»有好好休息嗎？	Did you get a good rest?
»我想小睡一下。	I want to take a ***nap***.
»睏了就休息一下吧。	Take a rest if you're sleepy.
»休息十分鐘，我們就接著上課。	Take a 10-minute break, and then we'll go on.
»休息一下再做，效率會更高。	After a short break, you'll be more ***efficient***.
»記得定鬧鐘。	Remember to ***set*** the alarm clock.
»早點睡覺，不然明天你又要遲到了。	Go to sleep early, or you'll be late again tomorrow.
»我一點也不睏。	I'm ***wide*** awake.
»我要去睡覺了。	I'm going to bed.

🐷 這些單字一定要會

* **nap** [næp] **n.** 小睡
* **efficient** [ɪˈfɪʃənt] **n.** 效率
* **set** [sɛt] **v.** 設定
* **wide** [waɪd] **adj.** 寬的

寫作運用

Have a rest if you feel sleepy, Molly. *Take a short break for ten minutes, and then we will continue. Take a rest for a while, you will work more efficiently.* It won't waste your time.

　　茉莉，**睏了就休息一下吧。休息十分鐘，我們就接著上課。休息一下再做，效率會更高**，才不會浪費時間。

寫作閱讀要這樣用 *Writing X Reading*

» It is time to go to *sleep*.　該睡覺了。

» Did you rest nicely?　有好好休息嗎？

» I would like to take a *nap*.　我想小睡一下。

» Have a rest if you feel sleepy.　睏了就休息一下吧。

» Take a short break for ten minutes, and then we will continue.
　休息十分鐘，我們就接著上課。

» Take a rest for a while, you will work more *efficiently*.
　休息一下再做，效率會更高。

» Don't forget to set the alarm clock.　記得定鬧鐘。

» You had better go to bed early, or you will be *late*
　again.　早點睡覺，不然明天你又要遲到了。

» I am not sleepy at all.　我一點也不睏。

» I am going to sleep.　我要去睡覺了。

這些單字一定要會

* **sleep** [slip] **v.** 睡眠
* **nap** [ˋnæp] **n.** 打盹
* **efficiently** [ɪˋfɪʃəntlɪ] **adv.** 有效地
* **late** [let] **adj.** 晚的

場景 **01** **掛號**

🗨️ 生活對話實境

A: *This is my first time here.*
  這是我第一次來。

B: All right then, please fill out this form for me first.
  好的,那麼請先幫我填一下這張表。

日常口語就醬用 *Speaking X Listening*

情境	口語
» 我的醫療保險有承擔這項費用嗎?	Will this be included in my medical *insurance*?
» 請問我應該掛哪科?	Which department should I *register* with?
» 這是我第一次來。	This is my first time here.
» 請開收據給我。	Please give me a *receipt*.
» 您這裡有內科嗎?	Do you have an internal *medical* department here?
» 您得先填寫這張掛號表。	You have to fill out this registration form first.
» 我要如何申請保險?	How can I apply for insurance?
» 請在旁邊稍等。	Please wait aside for a while.
» 這是我的掛號卡。	Here is my registration card.
» 掛號費是一美金。	One dollar for the registration fee.

🦜 這些單字一定要會

* **insurance** [ɪnˋʃʊrəns] **n.** 保險
* **register** [ˋrɛdʒɪstɚ] **v.** 登記
* **receipt** [rɪˋsit] **n.** 收據
* **medical** [ˋmɛdɪkl̩] **n.** 醫藥的

寫作運用

This is my first time going to the hospital. I have some questions. *Could you tell me which department to register with? Do you obtain an internal medical department? Does my medical insurance cover this? Please print a receipt for me.*

　　這是我第一次來。 我有些問題要請教。**請問我應該掛哪科？ 您有內科嗎？我的醫療保險有承擔這項費用嗎？請開收據給我。**

 寫作閱讀要這樣用 *Writing X Reading*

» Does my medical insurance cover this?
我的醫療保險有承擔這項費用嗎？

» Could you tell me which ***department*** to register with?
請問我應該掛哪科？

» This is my first time going to the hospital.　這是我第一次來。

» Please print a receipt for me.　請開收據給我。

» Do you obtain an internal medical department?　這裡有內科嗎？

» You should ***fill out*** this registration form first.
您得先填寫這張掛號表。

» Could you please tell me how to apply for the insurance?
我要如何申請保險？

» Please wait on that side for a second.　請在旁邊稍等。

» This is my registration card.　這是我的掛號卡。

» The ***registration fee*** is one dollar.　掛號費是一美金。

❀ 這些單字一定要會

* **department** [dɪˋpɑrtmənt] **n.** 部門

* **registration** [ˏrɛdʒɪˋstreʃən] **n.** 註冊、登記

* **fill out** [ˋfɪl aʊt] **ph.** 填寫

* **fee** [fi] **n.** 費用

場景 02 症狀描述

🔊 **Track 071**

🌸 **生活對話實境**

A: What seems to be the problem?
　請問你怎麼了嗎？

B: ***I sprained my ankle.***
　我扭到腳了。

 日常口語就醬用 *Speaking X Listening*

情境	口語
» 我不舒服。	I've come down with something.
» 你哪裡不舒服？	What's the matter with you?
» 我有點小感冒。	I have a little bit of the cold.
» 你有吃什麼不對勁的東西嗎？	Did you eat something unusual?
» 我過敏。	I have an allergy.
» 我一點食欲也沒有。	I don't have any ***appetite***.
» 我想吐。	I'm gonna ***throw up***.
» 我發燒了。	I have a bit of a fever.
» 我牙齒痛。	I have a ***toothache***.
» 我扭到腳了。	I ***sprained*** my ankle.

☁ **這些單字一定要會**

* **appetite** [ˈæpəˌtaɪt] **n.** 胃口　　　* **toothache** [ˈtuθˌek] **n.** 牙疼

* **throw up** [θro ʌp] **ph.** 嘔吐　　　* **sprain** [spren] **v.** 扭傷

寫作運用

I didn't go to work today. I *was not feeling well. I was feeling nausea. I had a high temperature.* Even though I was hungry, *I didn't have much appetite.*

今天我沒去上班。**我不舒服，我想吐，我發燒了。**即使我很餓，**我一點食欲也沒有。**

寫作閱讀要這樣用 *Writing X Reading*

» I was not feeling well.　我不舒服。

» What is the trouble with you?　你哪裡不舒服？

» I have a few *symptoms* of a cold.　我有點小感冒。

» Did you eat anything unusual?　你有吃什麼不對勁的東西嗎？

» I have an allergy.　我過敏。

» I do not have much appetite.　我一點食欲也沒有。

» I was feeling *nausea*.　我想吐。

» I have a high *temperature*.　我發燒了。

» My toothache is killing me.　我牙齒痛。

» I *twisted* my ankle.　我扭到腳了。

☺ 這些單字一定要會

* **symptom** [`sɪmptəm] **n.** 症狀
* **nausea** [`nɔʃɪə] **n.** 噁心
* **temperature** [`tɛmprətʃə] **n.** 溫度
* **twist** [twɪst] **v.** 扭傷

場景 03 **領藥**

生活對話實境

A: ***How many times a day?***
　一天要吃幾次？

B: Three times a day after each meal.
　三餐飯後各一次。

 日常口語就醬用 *Speaking X Listening*

情境	口語
» 每次吃幾粒藥？	How many ***pills*** for each time?
» 一天要吃幾次？	How many times a day?
» 我要買藥。	I need some ***medicine***.
» 你們有治頭痛的藥嗎？	Do you have medicine for a headache?
» 每天六粒，每餐飯後兩粒。	Six per day and two after each meal.
» 請幫我依照處方配藥。	Please make up this ***prescription***.
» 您需要什麼藥？	What kind of medicine do you need?
» 我們沒有這種藥了。	We don't have this medicine in ***stock*** now.
» 請拿這張處方去藥房。	Get this prescription filled at the pharmacy.
» 請您結帳後來拿藥。	Please go get the medicine after you pay.

這些單字一定要會

* **pill** [pɪl] **n.** 藥片
* **medicine** [ˋmɛdəsn̩] **n.** 藥物
* **prescription** [prɪˋskrɪpʃən] **n.** 藥方
* **stock** [stɑk] **n.** 庫存

寫作運用

I'm not feeling well. *I want to buy some medicine. Do you have medicine for headache? How many pills shall I take for one time? Please fill this prescription for me.* Thank you.

　　我不太舒服。**我要買藥。你們有治頭痛的藥嗎？每次吃幾粒藥？請幫我依照處方配藥。**謝謝。

 寫作閱讀要這樣用 *Writing X Reading*

» How many pills shall I take for one time?　每次吃幾粒藥？

» How many times do I need to take a day?　一天要吃幾次？

» I want to buy some medicine.　我要買藥。

» Do you have medicine for headache?　你們有治頭痛的藥嗎？

» You should take 2 pills after each meal, *thus* 6 pills *per* day.
　每天六粒，每餐飯後兩粒。

» Please fill this prescription for me.　請幫我依照處方配藥。

» What *sort* of medicine do you want?　您需要什麼藥？

» I am sorry that we do not have this medicine in the store.
　我們沒有這種藥了。

» Please take this prescription and get it filled at the *pharmacy*.
　請拿這張處方去藥房。

» Please go to the counter to pay, and then come here to take the medicine.　請您結帳後來拿藥。

🐟 這些單字一定要會

* **thus** [ðʌs] **conj.** 因此、從而　　　* **sort** [sɔrt] **n.** 種類

* **per** [pɚ] **prep.** 每　　　　　　　* **pharmacy** [ˈfɑrməsɪ] **n.** 藥房

場景 04 提問問題

 生活對話實境

A: ***Do I need a surgery?***
   我需要動手術嗎？

B: Well, not at this point.
   目前是不需要。

 日常口語就醬用 *Speaking X Listening*

情境	口語
»你肩膀痠痛嗎？	Do you have stiff shoulders?
»有人受傷嗎？	Did anyboby get hurt?
»要看醫生嗎？	Do you need a ***doctor***?
»我如何辦理住院手續？	How can I apply for ***admission***?
»可以幫我叫救護車嗎？	Could you please get me an ambulance?
»我一定要住院嗎？	Do I have to be ***hospitalized***?
»我幫你量一下體溫。	Let me check your temperature.
»什麼時候出院？	When will you leave hospital?
»我需要動手術嗎？	Do I need a ***surgery***?
»嚴重嗎？	Is it serious?

這些單字一定要會

* **doctor** [ˋdɑktɚ] **n.** 醫生

* **hospitalize** [ˋhɑspɪtl̩͵aɪz] **v.** 就醫、使住院

* **admission** [ədˋmɪʃən] **n.** 許可

* **surgery** [ˋsɝdʒərɪ] **n.** 手術

寫作運用

    It's painful. *Is it troublesome? Is it necessary for me to stay in the hospital? Will I have an operation? Can you help me with the admission procedures?* I am really helpless.

    我好痛喔。**嚴重嗎？我一定要住院嗎？我需要動手術嗎？我如何辦理住院手續？** 我真的好無助喔。

 寫作閱讀要這樣用 *Writing X Reading*

» Is your shoulder stiff?　你肩膀痠痛嗎？

» Is there anybody got *hurt*?　有人受傷嗎？

» Do you want to see a doctor?　要看醫生嗎？

» Can you help me with the admission *procedures*?
　我如何辦理住院手續？

» Could you please call an *ambulance* for me?
　可以幫我叫救護車嗎？

» Is it necessary for me to stay in the hospital?　我一定要住院嗎？

» Let me have your temperature checked.　我幫你量一下體溫。

» When will you be released from the hospital?　什麼時候出院？

» Will I have an operation?　我需要動手術嗎？

» Is it *troublesome*?　嚴重嗎？

🐟 這些單字一定要會

* **hurt** [hɝt] **adj.** 受傷的

* **procedure** [prə`sidʒɚ] **n.** 手續

* **ambulance** [`æmbjələns] **n.** 救護車

* **troublesome** [`trʌbḷsəm] **adj.** 嚴重的

場景 01 看電影

🔊 **Track 074**

🌸 生活對話實境

A: *What time does the movie start?*
電影什麼時候開始？

B: About 8 o'clock.
大約八點吧。

 日常口語就醬用 *Speaking X Listening*

情境	口語
» 這部電影改編自童話故事。	This movie is based on a fairy tale.
» 我想我的座位是靠近走道的。	I think my seat is near the *aisle*.
» 離電影開始還有幾分鐘。	We still have few minutes before the movie starts.
» 電影什麼時候開始？	What time does the movie start?
» 那部電影太嚇人了。	That movie was too *scary*.
» 我快睡著了。	I'm *about to* fall asleep.
» 你想看什麼電影？	What film do you want to see?
» 這部片多長？	How long is the film?
» 演員有誰？	Who are the *actors*?
» 我們去找座位吧。	Let's find our seats.

🍬 這些單字一定要會

* **aisle** [aɪl] **n.** 走道
* **scary** [ˋskɛrɪ] **adj.** 恐怖的
* **about to** [əˋbaʊt tu] **ph.** 即將
* **actor** [ˋæktə] **n.** 演員

寫作運用

It is 7:30 now. *We have got a few minutes before the start of movie. Let's go find our seats. I think my seat is by the side of the aisle.* By the way, *who star the film?*

　　現在是七點半。**離電影開始還有幾分鐘，我們去找座位吧。我想我的座位是靠近走道的。**對了，**演員有誰？**

寫作閱讀要這樣用 *Writing X Reading*

» The movie is *adopted* from a *fairy* tale.
這部電影改編自童話故事。

» I think my seat is by the side of the aisle.
我想我的座位是靠近走道的。

» We have got a few minutes before the start of the movie.
離電影開始還有幾分鐘。

» When does the film begin?　電影什麼時候開始？

» That movie was too *frightening*.　那部電影太嚇人了。

» I almost fell asleep.　我快睡著了。

» Which film would you like to see?　你想看什麼電影？

» How long does the film last?　這部片多長？

» Who *star* the film?　演員有誰？

» Let's go find our seats.　我們去找座位吧。

🐟 這些單字一定要會

* **adopt** [ə`dɑpt] **v.** 採用

* **fairy** [`fɛrɪ] **adj.** 仙女的

* **frightening** [`fraɪtṇɪŋ]
  adj. 令人恐懼的

* **star** [stɑr] **v.** 由……擔當主演

場景 02 唱KTV

🔊 **Track 075**

🌸 生活對話實境

A: ***Whose turn is it?***
　輪到誰唱了？

B: It's my turn.
　輪到我啦。

日常口語就醬用 *Speaking X Listening*

情境	口語
» 我想點那首……	I want to choose that song....
» 要不要去唱歌？	Do you want to go ***singing***?
» 要點什麼歌？	Which song do you want to sing?
» 你先唱。	You go first.
» 我不太會唱。	I can't sing.
» 輪到誰唱了？	Whose ***turn*** is it?
» 可以換歌嗎？	Can we change to another song?
» 一起唱吧！	Join us and sing!
» 我想點東西吃。	I want to get something to eat.
» 可以升key／降key嗎？	Can we ***raise*** the key / ***flat*** the key?

🐟 這些單字一定要會

* **singing** [ˋsɪŋɪŋ] **n.** 唱歌

* **turn** [tɝn]
　n. （輪到的）一次機會

* **raise** [rez] **v.** 上升

* **flat** [flæt] **v.** 使變平

寫作運用

I like singing, but ***I am not good at singing. How about shifting to another song? I would like to choose that song....*** Jill, can you sing with me? ***Let's sing together.***

我喜歡唱歌，但我**不太會唱。可以換歌嗎？ 我想點那首⋯⋯**吉兒，你可以和我一起唱嗎？**一起唱吧！**

寫作閱讀要這樣用 *Writing X Reading*

» I would like to ***choose*** that song...　我想點那首⋯⋯

» Would you like to go singing?　要不要去唱歌？

» Which ***song*** would you like to choose?　要點什麼歌？

» You should sing first.　你先唱。

» I am not good at singing.　我不太會唱。

» Who is the ***next*** one?　輪到誰唱了？

» How about ***shifting*** to another song?　可以換歌嗎？

» Let's sing together.　一起唱吧！

» I would like to eat something.　我想點東西吃。

» How about raising / flatting the key?　可以升key／降key嗎？

🐌 這些單字一定要會

* **choose** [tʃuz] **v.** 選擇

* **song** [sɔŋ] **n.** 歌曲

* **next** [nɛkst] **adj.** 下一個的

* **shift** [ʃɪft] **v.** 轉變

場景 03 郊遊／野餐

生活對話實境

A: What do you do on weekends?
你週末都做些什麼呢？

B: *I love going hiking in the mountains.*
我喜歡到山區健行。

 日常口語就醬用 *Speaking X Listening*

情境	口語
» 我們野餐要帶什麼吃的？	What food shall we take for the picnic?
» 我喜歡到山區健行。	I love going hiking in the *mountains*.
» 我回車裡拿野炊用具。	I'll *fetch* the picnic stuff from the car.
» 讓我們在草地上鋪毯子。	Let's put a blanket on the lawn.
» 小心，別亂跑！	Look out, don't rush.
» 來喝點水吧。	Come and have some water.
» 天氣真好。	It's a nice day.
» 戴帽子才不會曬傷。	Wearing a hat, and you won't get *sunburn*.
» 這邊真漂亮！	Is beautiful here.
» 來拍照吧。	Take some photos.

這些單字一定要會

* fresh [frɛʃ] **adj.** 新鮮的
* mountain [ˈmaʊntən] **n.** 山
* fetch [fɛtʃ] **v.** 取得
* sunburn [ˈsʌnˌbɜn] **n.** 曬黑

寫作運用

It is a fine day. I would love to go out to breathe fresh air. Let's go on a picnic. *What food are we going to take for the picnic?* Bring the camera with you. *Let's take some pictures.*

　　天氣真好。我喜歡到郊外呼吸新鮮空氣。讓我們去野餐吧！**我們野餐要帶什麼食物？**順便帶相機去。**拍些照片吧。**

寫作閱讀要這樣用 *Writing X Reading*

» What *food* are we going to take for the picnic?
　我們野餐要帶什麼吃的？

» I am fond of going hiking in the mountains.
　我喜歡到山區健行。

» I will go back to the car and fetch the *picnic* stuff.
　我回車裡拿野炊用具。

» Let's put a *blanket* on the grass field.　讓我們在草地上鋪毯子。

» Take care and don't run about.　小心，別亂跑！

» Please come and drink some water.　來喝點水吧。

» It is a fine day.　天氣真好。

» You will get sunburn if you don't wear a hat.
　戴帽子才不會曬傷。

» The *landscape* here is charming.　這邊真漂亮！

» Let us take some pictures.　來拍照吧。

🍬 這些單字一定要會

* **food** [fud] **n.** 食物

* **picnic** [ˈpɪknɪk] **n.** 野餐

* **blanket** [ˈblæŋkɪt] **n.** 毯子

* **landscape** [ˈlænskep] **n.** 風景

場景 04 看展覽

🌰 生活對話實境

A: ***Do you want to go to a car exhibition with me?***
　 你想和我一起去看車展嗎？

B: Yes, I'd love to.
　 好的。我很樂意。

 日常口語就醬用 *Speaking X Listening*

情境	口語
» 展覽到什麼時候？	When will the exhibition end?
» 你想一起去看車展嗎？	Do you want to go to a car ***exhibition*** with me?
» 我要用刷卡／付現。	I want to ***pay*** by credit card / cash.
» 有什麼優惠？	Is there any ***discount***?
» 那些展場女郎都很辣呢！	All the show girls are hot.
» 有附贈什麼東西嗎？	Is there any free gift with it?
» 展覽會上的人真多。	There are so many people at the exhibition.
» 我想比較一下價錢。	I want to compare the prices.
» 還有這個商品嗎？	Do you still have this product?
» 這是簡介給您參考。	This leaflet is for your ***reference***.

🐟 這些單字一定要會

* **exhibition** [ˌɛksəˈbɪʃən] **n.** 展覽　　* **discount** [ˈdɪskaʊnt] **n.** 折扣

* **pay** [pe] **v.** 付款　　* **reference** [ˈrɛfərəns] **n.** 參考

寫作運用

The exhibition has attracted so many people. Do they give any discount? Do they provide any free gift with it? I want to buy a camera and laptop today, so *I'd like to compare the prices.*

　　展覽會上的人真多。有什麼優惠？有附贈什麼東西嗎？我今天想買相機和筆電，所以**我想比較一下價錢。**

 寫作閱讀要這樣用 *Writing X Reading*

» How long will the exhibition *last*?　展覽到什麼時候？

» Would you like to see the car exhibition with me?
你想一起去看車展嗎？

» I'd like to pay by credit card / in cash.　我要用刷卡／付現。

» Do you give any discount?　有什麼優惠？

» All those show girls are really sexy.　那些展場女郎都很辣呢！

» Do you *provide* any free gift with it?　有附贈什麼東西嗎？

» The exhibition has *attracted* so many people.
展覽會上的人真多。

» I'd like to compare the prices.　我想比較一下價錢。

» Do you still have this product available?　還有這個商品嗎？

» This is a *leaflet* for your reference.　這是簡介給您參考。

🐟 **這些單字一定要會**

* **last** [læst] **v.** 持續　　　　　　* **attract** [əˋtrækt] **v.** 吸引
* **provide** [prəˋvaɪd] **v.** 提供　　* **leaflet** [liflɛt] **n.** 傳單、簡介

場景 01 詢問商品

🔊··**Track 078**

生活對話實境

A: *Can I take a look at that stereo?*
　我可以看一下那台音響嗎？

B: Sure.
　當然。

日常口語就醬用 *Speaking X Listening*

情境	口語
» 這個還有貨嗎？	Do you still have this one?
» 這個要多少錢？	How much is it?
» 我可以看一下那台音響嗎？	Can I take a look at that *stereo*?
» 保固期有多久？	How long is the guarantee *period*?
» 這有沒有別的款式？	Are there any other types?
» 要如何使用？	How do I use it?
» 我再看一下別的。	I'll take a look at the others.
» 這有打折嗎？	Can I have a *discount*?
» 可以試一下嗎？	Can I try it?
» 這台音響有哪種品質保證？	What sort of warranty comes with this *stereo*?

🍬 這些單字一定要會

* speaker [ˋspikɚ] **n.** 音響、收音機
* discount [ˋdɪskaʊnt] **n.** 折扣
* period [ˋpɪrɪəd] **n.** 期間
* stereo [ˋstɛrɪo] **n.** 音響

寫作運用

May I have a look at that stereo? How much does it cost? What kind of warranty does this stereo come with? How long will the guarantee period lasts? Do you have any other types? Do you give any discount? Twenty percent off? OK, I'll take that one.

我可以看一下那台音響嗎？這個要多少錢？這台音響有哪種品質保證？保固期有多久？有別的樣式嗎？有沒有打折？打八折啊？好，我買這台。

寫作閱讀要這樣用 *Writing X Reading*

» Is this one still *available*?　這個還有貨嗎？

» How much does it cost?　這個要多少錢？

» May I have a look at that stereo?　我可以看一下那台音響嗎？

» How long will *guarantee* period lasts?　保固期有多久？

» Do you have any other *types*?　這有沒有別的款式？

» How can I use it?　要如何使用？

» Let me have a look at others.　我再看一下別的。

» Do you give any discount?　這有打折嗎？

» May I try it?　可以試一下嗎？

» What kind of *warranty* does this stereo come with?
　這台音響有哪種品質保證？

🐝 這些單字一定要會

* **available** [ə`veləbl̩] **adj.** 可得到的
* **guarantee** [ˌgærən`ti] **n.** 保證
* **type** [taɪp] **n.** 種類
* **warranty** [`wɔrəntɪ] **n.** 保證

場景 02 詢問款式

🔊 Track 079

🌬️生活對話實境

A: *Is there a simpler design?*
　 有沒有再簡單一點的設計？

B: Yes, have a look at this one, please.
　 有，請看一下這一款。

日常口語就醬用 *Speaking X Listening*

情境	口語
»有小件一點的嗎？	Do you have a smaller one?
»有沒有短／長袖的？	Do you have one with short / long sleeves?
»有小洋裝嗎？	Do you have any dresses?
»這款有沒有別的顏色？	Do you have one in other *colors*?
»有沒有再簡單一點的設計？	Is there a *simpler* design?
»有可以搭配高跟鞋的嗎？	Is there anything that goes with the high-heels?
»有跟這件類似的嗎？	Do you have anything *similar* to this one?
»有別的款式嗎？	Do you have any other *patterns*?
»有沒有別的花樣？	Do you have other patterns?
»這件我穿起來會太大件嗎？	Is it too big for me?

🐟 這些單字一定要會

* color [ˈkʌlɚ] **n.** 顏色
* simple [ˈsɪmpl̩] **adj.** 簡單的
* similar [ˈsɪmələ] **adj.** 類似的
* pattern [ˈpætɚn] **n.** 模式

寫作運用

Is there any dress here? Are there any other colors? I love purple. *Is there a smaller one? Do you have any other dress of a simpler design?* Great! This dress is pretty.

有小洋裝嗎？有別的顏色嗎？我喜歡紫色的。**有小件一點的嗎？有沒有再簡單一點的設計？**太棒了，這件洋裝很漂亮。

 寫作閱讀要這樣用 *Writing X Reading*

» Is there a smaller one?　有小件一點的嗎？

» Is there any one with short / long *sleeves*?　有沒有短／長袖的？

» Is there any dress here?　有小洋裝嗎？

» Are there any other colors?　這款有沒有別的顏色？

» Do you have any other dress of a simpler *design*?
有沒有再簡單一點的設計？

» Do you have any *dress* that goes with high-*heels*?
有可以搭配高跟鞋的嗎？

» Is there any similar ones?　有跟這件類似的嗎？

» Are there any other patterns?　有別的款式嗎？

» Are there any other types?　有沒有別的花樣？

» Does it look too loose on me?　這件我穿起來會太大件嗎？

🐟 **這些單字一定要會**

* **sleeve** [sliv] **n.** 袖子
* **design** [dɪˋzaɪn] **n.** 設計
* **dress** [drɛs] **n.** 洋裝
* **heel** [hil] **n.** 腳後跟

場景 03 試穿

🌸 生活對話實境

A: *Can you open the fitting room for me?*
   可以幫我開一下試衣間嗎？

B: Sure.
   當然可以。

 日常口語就醬用 *Speaking X Listening*

情境	口語
» 這些不需要。	I don't like these ones.
» 我要這一件。	I'm going to *buy* this one.
» 我去試穿看看。	Let me try it on.
» 我可以試穿看看嗎？	Can I try it on?
» 我可以拿幾件進去？	How many *clothes* can I bring in?
» 可以幫我拿別的尺寸嗎？	Can you bring me one of another size?
» 可以幫我開一下試衣間嗎？	Can you *open* the fitting room for me?
» 我可以把包包帶進去嗎？	Can I bring my bag in?
» 試衣間在哪裡？	Where's the *fitting room*?
» 我可以再試這些嗎？	Can I also try these on?

🐟 這些單字一定要會

* **buy** [baɪ] **v.** 購買
* **clothes** [kloz] **n.** 衣服
* **open** [`opən] **v.** 打開
* **fitting room** [`fɪtɪŋ rum] **n.** 試衣間

寫作運用

Let me try it on in the fitting room. Where can I find a fitting room? How many clothes I'm allowed to bring with me? May I bring my bag in there? I'd like to have this one. How much are they? I'll pay by cash.

　　　我去試穿看看。試衣間在哪裡？我可以拿幾件進去？我可以把包包帶進去嗎？我要這幾件。它們要多少錢？我要付現。

 寫作閱讀要這樣用 *Writing X Reading*

> » These are not *suitable* for me. 這些不需要。

> » I'd like to have this one. 我要這一件。

> » Let me *try* it on in the fitting room. 我去試穿看看。

> » May I try this on? 我可以試穿看看嗎？

> » How many clothes I'm *allowed* to bring with me?
> 我可以拿幾件進去？

> » Could you please bring me one of another *size*?
> 可以幫我拿別的尺寸嗎？

> » Could you please help me to open the fitting room?
> 可以幫我開一下試衣間嗎？

> » May I bring my bag in there? 我可以把包包帶進去嗎？

> » Where can I find a fitting room? 試衣間在哪裡？

> » Could you please let me also try these on? 我可以再試這些嗎？

👄 這些單字一定要會

* **suitable** [ˈsutəb!] **adj.** 適當的
* **try** [taɪ] **v.** 試試
* **allow** [əˈlaʊ] **v.** 允許
* **size** [saɪz] **n.** 尺寸

場景 04 尺寸調整

🌬️生活對話實境

A: ***Can you find me a smaller one?***
你能給我找一件小號的嗎？

B: Sure. Please wait a minute.
當然，請稍等。

日常口語就醬用 *Speaking X Listening*

情境	口語
» 可以幫忙修改嗎？	Could you help to ***alter*** it?
» 要多久時間？	How long will it ***take***?
» 修改要錢嗎？	Is altering free?
» 有大一號的嗎？	Do you have a larger one?
» 你能給我找一件小號的嗎？	Can you find me a smaller one?
» 我穿大號的。	I'm a large.
» 它大了一點。	It is a little bigger.
» 好像太大了。	It looks too ***big***.
» 有點太小了。	It's ***somewhat*** too small.
» 有長一點／短一點的嗎？	Is there a longer / shorter one?

🐭這些單字一定要會

* alter [ˈɔltɚ] **v.** 更改
* take [tek] **v.** 拿、花費（時間）
* big [bɪg] **adj.** 大的
* somewhat [ˈsʌmˌhwɑt] **adv.** 有點

寫作運用

Could you find one of a smaller size? It is a little oversized. Do you provide altering service? Do you charge for alteration? If it is free, I want it to be altered. It will take thirty minutes. Thank you.

你能給我找一件小號的嗎？它大了一點。可以幫忙修改嗎？修改要錢嗎？如果免費，我要修改。我半小時後再來拿。謝謝。

 寫作閱讀要這樣用 *Writing X Reading*

» Do you provide altering *service*？ 可以幫忙修改嗎？

» How long will the altering last？ 要多少時間？

» Do you charge for alteration? 修改要錢嗎？

» Does this one come in a bigger size? 有大一號的嗎？

» Could you find one of a smaller size?
你能給我找一件小號的嗎？

» I am *wearing large* size. 我穿大號的。

» It is a little *oversized*. 它大了一點。

» It seems too loose on you. 好像太大了。

» It seems too small for you. 有點太小了。

» Do you have a longer / shorter one? 有長一點／短一點的嗎？

這些單字一定要會

* service [ˋsɝvɪs] **n.** 服務
* wear [wɛr] **v.** 穿戴
* large [lɑrdʒ] **adj.** 大的
* oversized [ˋovɚˋsaɪzd] **adj.** 過大的

場景 05 服裝修改

🌸 生活對話實境

A: *Can we alter it right now?*
　現在可以修改嗎？

B: Wait a minute, please.
　請稍等片刻。

 日常口語就醬用 *Speaking X Listening*

情境	口語
» 我要把長度改短。	I want to *shorten* it.
» 長度可以放長一點嗎？	Can you make it a little longer?
» 我想要修改這一件。	I want to alter this one.
» 這種質料的可以修改嗎？	Could one with this *quality* be altered?
» 這件腰圍太大了。	The waistline of this one is too big.
» 多久可以拿到？	When can I have it back?
» 要多少錢？	How much?
» 需要先付款嗎？	Do I need to pay it *first*?
» 這件的扣子掉了。	A *button* is off this coat.
» 現在可以修改嗎？	Can we alter it right now?

🐟 這些單字一定要會

* shorten [ˈʃɔrtn̩] **v.** 變短
* quality [ˈkwɑlətɪ] **n.** 品質
* ahead [əˈhɛd] **adv.** 向前
* button [ˈbʌtn̩] **n.** 紐扣

寫作運用

I'd like to have this one altered. I'd like to make it shorter. Could one of this material be altered? When shall I fetch it? I want to wear it this Satturday. By the way, *how much shall I pay? Do I have to pay in advance?*

　　我想要修改這一件。我要把長度改短。這種質料的可以修改嗎？多久可以拿到？我星期六要穿。對了，要多少錢？需要先付款嗎？

 寫作閱讀要這樣用 *Writing X Reading*

» I'd like to make it shorter.　我要把長度改短。

» Could you help to make it a little longer?
　長度可以放長一點嗎？

» I'd like to have this one altered.　我想要修改這一件。

» Could one of this *material* be altered?
　這種質料的可以修改嗎？

» The *waistline* of this one is too large for me.　這件腰圍太大了。

» When shall I fetch it?　多久可以拿到？

» How much shall I pay?　要多少錢？

» Do I have to pay in advance?　需要先付款嗎？

» One of the buttons has *come off* the coat.　這件的扣子掉了。

» Can we *modify* it right now?　現在可以修改嗎？

🌀 這些單字一定要會

* **material** [mə'tırıəl] **n.** 質地　　　* **come off** [kʌm ɔf] **ph.** 脫離

* **waistline** ['westˌlaın] **n.** 腰圍　　* **modify** ['mɑdəˌfaı] **v.** 修改

場景 06 詢價／議價

◀ Track 083

生活對話實境

A: *This price is a bit higher than it was last time.*
   這次的價格比上次貴了一些。

B: You know the price of raw material has gone up recently.
   你知道最近原料價格上漲。

日常口語就醬用 *Speaking X Listening*

情境	口語
» 超出我的預算了。	It is over my budget.
» 不能再便宜一點嗎？	Can't you come down a little?
» 這個多少錢？	What about the ***price***?
» 我認為這個價格不合理。	I don't think this price is ***reasonable***.
» 這太貴了。	It is too ***expensive***.
» 沒有打折嗎？	Is it ***on sale***?
» 我再考慮一下。	I'll think about that.
» 我覺得還是太貴了。	I still think it too expensive.
» 這次的價格比上次貴了一些。	This price is a bit higher than it was last time.
» 出一個合理的價格，我們一定會買。	Give us a reasonable price and we will definitely buy it.

這些單字一定要會

* **price** [praɪs] **n.** 價格
* **reasonable** [ˈriznəbl] **adj.** 合理的
* **expensive** [ɪkˈspɛnsɪv] **adj.** 昂貴的
* **on sale** [ɑn sel]
  ph. 廉價銷售、特價

寫作運用

I do not consider this as a reasonable price. The price of this item is much higher than my expectation. This price is much higher than the last time it was. This is beyond my budget. Give us a better price, and we will detinitely take it.

我認為這個價格不合理，你們的價格太高了。這次的價格比上次貴了一些，超出我的預算了。出一個合理的價格，我們一定會買。

 寫作閱讀要這樣用 *Writing X Reading*

» This is ***beyond*** my budget. 超出我的預算了。

» Will you make the price a little lower? 不能再便宜一點嗎？

» What is the price? 這個多少錢？

» I do not ***consider*** this as a rcasonable price.
我認為這個價格不合理。

» The price of this item is much higher than our ***expectation***.
這太貴了。

» Don't you have any ***discount***? 沒有打折嗎？

» Let me think about it. 我再考慮一下。

» I still consider it too expensive. 我覺得還是太貴了。

» This price is much higher than the last time it was.
這次的價格比上次貴了一些。

» Give us a better price, and we'll detinitely take it.
出一個合理的價格，我們一定會買。

🐚 這些單字一定要會

* **beyond** [bɪˋjɑnd] **prep.** 超過、越過　　* **expectation** [ˏɛkspɛkˋteʃən] **n.** 期望

* **consider** [kənˋsɪdɚ] **v.** 考慮　　* **discount** [ˋdɪskaunt] **n.** 折扣

Track 084

生活對話實境

A: *It looks pretty good. I think I'll take it.*
看上去還不錯，我買了。

B: OK. I'll pack it up for you.
好的，我給您包起來。

日常口語就醬用 *Speaking X Listening*

情境	口語
» 我就買這件吧。	I will take this one.
» 我想今天還是買了吧。	I think I'd better **buy** it today.
» 看上去還不錯，我買了。	It looks **pretty** good. I think I'll take it.
» 這件衣服很適合我，買了。	This **coat** fits me well. I'll take it.
» 我要送禮的。	It is a gift.
» 可以幫我包起來嗎？	Could you pack it for me?
» 我要分開裝。	I want them to be **packed** separately.
» 可以刷卡嗎？	Can I use my credit card?
» 可以用折價券嗎？	Can I use the coupon?
» 現在打五折呢。買了吧！	It's 50% off now. Take it!

這些單字一定要會

* **buy** [baɪ] **v.** 購買

* **pretty** [ˋprɪtɪ] **adv.** 相當

* **coat** [kot] **n.** 外衣

* **pack** [pæk] **v.** 包裝

寫作運用

I will take these watches. How much are they? *Would you please wrap it for me? It is a present for someone. I'd like to have them packed separately. May I pay by credit card?*

我將買這些手錶。一共多少？**可以幫我包起來嗎？我要送禮的。我要分開裝。可以刷卡嗎？**

寫作閱讀要這樣用 *Writing X Reading*

» I will buy this one. 我就買這件吧。

» I think it is better for me to buy it today.
我想今天還是買了吧。

» It looks *rather* good. I think I will buy it.
看上去還不錯，我買了。

» This coat is suitable for me. I will buy it.
這件衣服很適合我，買了。

» It is a present for someone. 我要送禮的。

» Would you please *wrap* it for me? 可以幫我包起來嗎？

» I'd like to have them packed *separately*. 我要分開裝。

» May I pay by credit card? 可以刷卡嗎？

» May I pay with *coupon*? 可以用折價券嗎？

» It is 50% off. Buy it! 現在打五折呢。買了吧！

這些單字一定要會

* **rather** [ˋræðɚ] **adv.** 相當
* **wrap** [ræp] **v.** 包裹
* **separately** [ˋsɛpəˌretlɪ] **adv.** 分別地
* **coupon** [ˋkupɑn] **n.** 折扣券

Track 085

 生活對話實境

A: *Could I have it gift-wrapped?*
能幫我包成禮品嗎？

B: Of course.
當然。

 日常口語就醬用 *Speaking X Listening*

情境	口語
» 能幫我包起來嗎？我想送人。	I'd like this gift-wrapped, please.
» 我想用那個花色的包裝紙。	I want the wrapping *paper* in that print.
» 請您把它包起來。	Please have it well wrapped.
» 能幫我包成禮物嗎？	Could I have it gift-wrapped?
» 可以加緞帶嗎？	Could you *add* a ribbon?
» 我想要寄回臺灣。	I want to *send* it back to Taiwan.
» 郵費要怎麼算？	How much is the *postage*?
» 幾天會到？	How long will it take to get there?
» 隨便包就好。	Pack it as you like.
» 你能幫我把粉紅色的那款包起來嗎？	Can you pack the pink one for me?

這些單字一定要會

* paper [ˈpepɚ] **n.** 包裝紙
* add [æd] **v.** 增加
* send [sɛnd] **v.** 發送
* postage [ˈpostɪdʒ] **n.** 郵費

寫作運用

Could you please wrap the pink one for me? I'd like to use the wrap paper of that pattern and color. May I have more ribbons? Thank you for your help. You are so nice.

　　你能幫我把粉紅色的那款包起來嗎？我想用那個花色的包裝紙。可以加緞帶嗎？謝謝你的幫忙。你人真好。

 寫作閱讀要這樣用 *Writing X Reading*

» Could you please gift-wrap it for me? It is gift.
能幫我包起來嗎？我想送人。

» I'd like to use the wrap paper of that *pattern* and color.
我想用那個花色的包裝紙。

» Could you please wrap it for me?　請您把它包起來。

» Could you please *gift-wrap* it for me?　能幫我包成禮物嗎？

» May I have more *ribbons*?　可以加緞帶嗎？

» I'd like to send it back to Taiwan.　我想要寄回臺灣。

» What's the postage?　郵費要怎麼算？

» How long will it *take* to be there?　幾天會到？

» Wrap it the way you want.　隨便包就好。

» Could you please wrap the pink one for me?
你能幫我把粉紅色的那款包起來嗎？

🐟 **這些單字一定要會**

* **pattern** [ˈpætən] **n.** 樣式、花樣

* **gift-wrap** [ˈgɪftˌræp]
v. 用包裝紙包裝

* **ribbon** [ˈrɪbən] **n.** 絲帶

* **take** [tek] **v.** 耗時、花費（時間）

Track 086

生活對話實境

A: *Do you accept returns?*
可以退貨嗎？

B: Yes, but we should check the commodity.
可以，但是我們要查看一下商品。

日常口語就醬用 *Speaking X Listening*

情境	口語
» 可以退貨嗎？	Do you accept *returns*?
» 我要怎麼退貨？	How can I get the refund?
» 我想要退這雙鞋。	I want to return this pair of shoes.
» 線頭都鬆了！	The *stitches* are coming out.
» 我要客訴。	I want to complain.
» 這件這邊有點破損。	This one has a little *frazzle* here.
» 它褪色了。	It is *fading*.
» 我要退錢。	I want to get my money back.
» 可以換一件新的嗎？	Can I change to a new one?
» 可以換另一件等價的嗎？	Can I change to another one of the same price?

這些單字一定要會

* frazzle [ˈfræzl] **n.** 磨破
* fading [fed] **n.** 褪色
* refund [rɪˋfʌnd] **n.** 退還
* loose [lus] **adj.** 鬆的

寫作運用

Hi, I'd like to refund the shoes that I bought yesterday. How can I get the refund? *I would like to ask for a refund for this pair of shoes. The stitches are getting loose. I'd like to have my cash back.*

嗨，我想要退掉我昨天買的鞋子。怎麼退貨呢？**我想要退掉這雙鞋。線頭都鬆了！我退現金好了。**

 寫作閱讀要這樣用 *Writing X Reading*

» Can I get it returned?　可以退貨嗎？

» What should I do to get a *refund*?　我要怎麼退貨？

» I would like to ask for a refund for this pair of shoes.
　我想要退這雙鞋。

» The stitches are getting *loose*.　線頭都鬆了！

» I have a *complaint* to make.　我要客訴。

» It is a little *outworn* here.　這件這邊有點破損。

» Its color is fading.　它褪色了。

» I'd like to have my cash back.　我要退錢。

» Could you please change a new one for me?
　可以換一件新的嗎？

» Could you please change to another one of the same price?
　可以換另一件等價的嗎？

🎀 **這些單字一定要會**

* **return** [rɪˋtɝn] **n.** 歸還　　　* **complaint** [kəmˋplent] **n.** 抱怨

* **stitch** [stɪtʃ] **n.** 針腳　　　* **outworn** [aʊtˋworn] **adj.** 用舊的

場景 10 **在商場裡**

🗨️ **生活對話實境**

A: *I want to have a look at the microwaves.*
   我想去看一下微波爐。

B: OK. I'll go with you.
   好的，我和你一起去吧。

 日常口語就醬用 *Speaking X Listening*

情境	口語
» 哪裡有賣家電用品？	Where are household appliances sold?
» 賣鞋的櫃檯在一樓。	The shoe counter is on the first floor.
» 到那邊看看吧。	Go there and take a look.
» 我想看一下微波爐。	I want to have a look at the *microwaves*.
» 我要寄放東西。	I need to leave my things for a while.
» 往上的手扶梯在哪裡？	Where's the up *escalator*?
» 要不要去吃個東西？	Shall we get something to eat?
» 試試看這些試用品吧。	Try these *trial* products.
» 洗手間在哪裡？	Where's the washing room?
» 我們需要租個嬰兒車。	We need to rent a baby *carriage*.

🐟 **這些單字一定要會**

* **microwave** [ˈmaɪkrəˌwev] **n.** 微波　　* **trial** [ˈtraɪəl] **adj.** 試驗的

* **escalator** [ˈɛskəˌletə] **n.** 手扶梯　　* **carriage** [ˈkærɪdʒ] **n.** 運輸車

寫作運用

Everything is 20 % off today. ***Where can I find household appliances? I would like to have a look at the microwave ovens.*** I also want to buy an air conditioner and a refrigerator. ***We can go there and take a look.***

今天每樣八折耶。**哪裡有賣家電用品？我想去看一下微波爐。**我也想買冷氣機和電冰箱。**到那邊看看吧。**

寫作閱讀要這樣用 *Writing X Reading*

» Where can I find household ***appliances***?　哪裡有賣家電用品？

» The shoe ***counter*** is on the ground floor.　賣鞋的櫃檯在一樓。

» We can go there and take a look.　到那邊看看吧。

» I would like to have a look at the ***microwave ovens***.
　我想看一下微波爐。

» I need to ***leave*** my things here for some time.　我要寄放東西。

» Where can I find the escalator?　往上的電梯在哪裡？

» Would you like to eat something?　要不要去吃個東西？

» Would you like to try these trial products?
　試試看這些試用品吧。

» Where can I find the wash room?　洗手間在哪裡？

» We would like to rent a baby carriage.　我們需要租個嬰兒車。

☺ 這些單字一定要會

* **appliance** [əˋplaɪəns]
　n. 器具、器械

* **counter** [ˋkaʊntə] **n.** 櫃檯

* **microwave oven** [maɪkroˏwev ˋʌvən]
　n. 微波爐

* **leave** [liv] **v.** 留下

場景 11 商場詢問商品

🗨️ 生活對話實境

A: *Where's the meat counter?*
賣肉的櫃檯在哪裡？

B: It's in basement level 1.
在地下一樓。

 日常口語就醬用 *Speaking X Listening*

情境	口語
» 貨什麼時候會到？	When will the product to arrive?
» 可以幫我保留嗎？	Can you *keep* it for me?
» 你這邊賣的是什麼牌子？	Which *brand* do you sell?
» 賣肉的櫃檯在哪裡？	Where's the meat counter?
» 請問一下這件衣服有貨嗎？	Do you have this T-shirt?
» 還有別的顏色嗎？	Do you have any other colors?
» 還能再便宜一些嗎？	Can you *lower* the price a little bit?
» 有沒有別款？	Do you have any other *pattern*?
» 有優惠嗎？	Is there any discount?
» 大量購買有折扣嗎？	Can you give me a discount if I buy a lot?

🎯 這些單字一定要會

* keep [kip] **v.** 保存、保留
* brand [brænd] **n.** 品牌
* lower [ˋloɚ] **v.** 降低、減少
* pattern [ˋpætɚn] **n.** 款式

寫作運用

Is this T-shirt available? No? OK, that's OK. I don't want to wait. How about this jacket? *Are there any other colors? Is there any other pattern? Can you give me a little discount?*

請問一下這件T恤有貨嗎？沒有啊？沒關係，我不想等。這件夾克呢？還有別的顏色嗎？有沒有別款？還能再便宜一些嗎？

寫作閱讀要這樣用 *Writing X Reading*

» When will you have this in *stock*？ 貨什麼時候會到？

» Could you please keep it for me？ 可以幫我保留嗎？

» What brand are you selling？ 你這邊賣的是什麼牌子？

» Where can I find the meat counter？ 賣肉的櫃檯在哪裡？

» Is this *T-shirt available*？ 請問一下這件衣服有貨嗎？

» Are there any other colors？ 還有別的顏色嗎？

» Can you give me a little discount？ 還能再便宜一些嗎？

» Is there any other pattern？ 有沒有別款？

» Do you give any discount？ 有優惠嗎？

» Do you offer any *quantity* discounts？ 大量購買有折扣嗎？

這些單字一定要會

* **stock** [stɑk] **n.** 庫存
* **T-shirt** [ˈtiˌʃɝt] **n.** 短袖圓領汗衫
* **available** [əˈveləbl] **adj.** 可得的
* **quantity** [ˈkwɑntəti] **n.** 數量

場景 01 銀行開戶

🔊 Track 089

🍃 **生活對話實境**

A: ***Can you tell me how to open an account?***
能告訴我如何開戶嗎？

B: OK, please fill out this form first.
好，請先填好這個表格。

 日常口語就醬用 *Speaking X Listening*

情境	口語
» 能告訴我如何開戶嗎？	Can you tell me how to open an account?
» 我想開一個儲蓄帳戶。	I want to open a saving account.
» 我想開個定存／活存帳戶。	I want to open a ***saving*** / checking account.
» 這種帳戶必須存多少錢？	How much ***money*** do I have to keep in this account?
» 開戶有什麼優惠嗎？	Do you have any discount for opening an account?
» 利息是多少？	What's the interest?
» 麻煩給我開戶證明。	Please give me a receipt for opening.
» 需要什麼證件？	Do I need any ***identification***?
» 我需要填些什麼？	What do I need to ***fill*** out?
» 我想辦現金卡／信用卡。	I want to apply for a cash card / credit card.

💬 **這些單字一定要會**

* **saving** [ˋsevɪŋ] **n.** 存款

* **money** [ˋmʌnɪ] **n.** 錢

* **identification** [aɪˌdɛntəfəˋkeʃən] **n.** 身份證明

* **fill** [fɪl] **v.** 填寫

寫作運用

I would like to open a saving account. Could you please tell me how to open an account? What forms do I need to fill out? What do I need to bring with me? How much is the interest? Thank you for your assistance. *Would you please give me a certification of opening account?*

我想開個定存／活存。能告訴我如何開戶嗎？我需要填些什麼？需要什麼證件？利息是多少？謝謝您的幫助。麻煩給我開戶證明。

 寫作閱讀要這樣用 *Writing X Reading*

» Could you please tell me how to open an account?
能告訴我如何開戶嗎？

» I would like to open a savings account please.
我想開一個儲蓄帳戶。

» I would like to open a saving / checking *account*.
我想開個定存／活存帳戶。

» How much money should I *put in* so as to keep such an account?　這種帳戶必須存多少錢？

» Will you give any discount for opening an account?
開戶有什麼優惠嗎？

» How much is the *interest*?　利息是多少？

» Would you please give me a *certification* of opening account?
麻煩給我開戶證明。

» What do I need to bring with me?　需要什麼證件？

» What forms do I need to fill out?　我需要填些什麼？

» I'm going to apply for a cash / credit card.
我想辦現金卡／信用卡。

這些單字一定要會

* **account** [ə`kaʊnt] **n.** 帳戶

* **put in** [pʊt ɪn] **ph.** 放入

* **interest** [`ɪntərɪst] **n.** 利息

* **certification** [͵sɝtɪfə`keʃən] **n.** 證明

場景 02 存提款

生活對話實境

A: *I'd like to remit 1 thousand dollars to Tom.*
我想匯一千元給湯姆。

B: You should find the nearest bank.
你得找一個最近的銀行。

日常口語就醬用 *Speaking X Listening*

情境	口語
» 我要提一千美元。	I want to get one *thousand* dollars.
» 怎麼用自動提款機領錢呢？	Can you tell me how to use the ATM?
» 我要存這筆錢。	I want to *deposit* these money.
» 我最少要放多少錢在戶頭裡？	How much is the least I can deposit in the account?
» 我想在一個海外帳戶裡存點錢。	I want to put some money in a *foreign* account.
» 我要存定存／活存。	I want to have a fixed deposit / a current account.
» 我要提款的話，需要什麼證件？	What do I need to bring if I want to withdraw some money?
» 我想匯一千元給湯姆。	I'd like to remit one thousand dollars to Tom.
» 這些匯款什麼時候能到？	When will the *remittance* come?
» 麻煩給我匯款證明。	Please give me a certification of the remittance.

這些單字一定要會

* thousand [ˈθauzn̩d] **n.** 千

* deposit [dɪˈpɑzɪt] **v.** 存款

* foreign [ˈfɔrɪn] **adj.** 國外的

* remittance [rɪˈmɪtn̩s] **n.** 匯款

寫作運用

I want to remit one thousand dollars to Tom. What forms do I have to fill out? ***When will this remittance complete?*** Within a week? Good! ***Would you please give me a certification of the remittance?***

我想匯一千元給湯姆。請問我要填什麼表格？**這些匯款什麼時候能到？**一星期內？太棒了！**麻煩給我匯款證明。**

寫作閱讀要這樣用 *Writing X Reading*

» I would like to ***withdraw*** one thousand ***dollars***.
  我要提一千美元。

» Could you tell me how to withdraw cash from an ATM?
  怎麼用自動提款機領錢呢？

» I'd like to make a deposit. 我要存這筆錢。

» What is the ***minimum*** amount I need to deposit in an account?
  我最少要放多少錢在戶頭裡？

» I want to deposit some money in a foreign account.
  我想在一個海外帳戶裡存點錢。

» I'd like to have a fixed deposit / current account.
  我要存定存／活存。

» What certification do I need to bring with me if I want to withdraw cash? 我要提款的話，需要什麼證件？

» I want to remit one thousand dollars to Tom.
  我想匯一千元給湯姆。

» When will this remittance ***complete***? 這些匯款什麼時候能到？

» Would you please give me a certification of the remittance?
  麻煩給我匯款證明。

✏ 這些單字一定要會

* **withdraw** [wɪðˋdrɔ] **v.** 提取
* **dollar** [ˋdɑlə] **n.** 美元
* **minimum** [ˋmɪnəməm] **adj.** 最小的
* **complete** [kəmˋplit] **v.** 完成

場景 **03** 兌幣

生活對話實境

A: ***Can you change dollars into Francs for me?***
   能幫我把美元兌換成法郎嗎？

B: Sure. Wait a moment.
   當然，請稍等。

 日常口語就醬用 *Speaking X Listening*

情境	口語
» 今天的匯率是多少？	What's today's exchange ***rate***?
» 可以在這邊兌換美金嗎？	Can I exchange US dollar here?
» 我想換美元。	I want to change to US dollars.
» 我想換一千美元。	I want to exchange one thousand US dollars.
» 麻煩給我收據。	Give me a receipt, please.
» 這些能換到多少美金？	How much US dollars will this change for?
» 我想換成二十美金面額的。	I want to have them as 20-dollar notes.
» 這樣差額是多少？	What's the ***balance*** then?
» 現在換美元划算嗎？	Is it ***worth*** to change into US dollars now?
» 能幫我把美元兌換成法郎嗎？	Can you change dollars into ***Francs*** for me?

🐟 這些單字一定要會

* **rate** [ret] **n.** 利率

* **worth** [wɔrθ] **adj.** 值得、價值

* **balance** [ˋbæləns] **n.** 差額

* **Francs** [fræŋs] **n.** 法郎

寫作運用

I would like to change my money to US dollars please. What is the exchange rate today? Is it cost-effective to change into US dollars right now? I got it. I'd like to exchange 1000 US dollars. Thank you. *Could you please give me a receipt?*

　　我想兌換美元。今天的匯率是多少？現在換美元划算嗎？我了解了。我想換一千美元，謝謝。**麻煩給我收據。**

 寫作閱讀要這樣用 *Writing X Reading*

» What is the *exchange* rate today?　今天的匯率是多少？

» May we exchange US dollar here?　可以在這邊兌換美金嗎？

» I would like to change my money to US dollars please.
　我想換美元。

» I'd like to exchange one thousand US dollars.
　我想換一千美元。

» Could you please give me a receipt?　麻煩給我收據。

» How much US dollars can these be *changed into*?
　這些能換到多少美金？

» I'd like to change them into 20-dollar *notes*.
　我想換成二十美金面額的。

» What's the balance?　這樣差額是多少？

» Is it *cost-effective* to change into US dollars right now?
　現在換美元划算嗎？

» Could you please change these dollars into Francs for me?
　能幫我把美元兌換成法郎嗎？

🔊 這些單字一定要會

* **exchange** [ɪksˋtʃendʒ] **n.** 兌換
* **changed into** [tʃendʒ ˋɪntu] **ph.** 兌換
* **note** [not] **n.** 票據
* **cost-effective** [ˋkɔstɪˋfɛktɪv] **adj.** 划算的

場景 01 去寄物／領物

🔊 Track 092

 生活對話實境

A: ***Two twenty-five cent stamps, please.***
請給我兩張二十五分的郵票。

B: OK. Here you are.
好的，給您。

日常口語就醬用 *Speaking X Listening*

情境	口語
» 我要寄平信。	***Normal*** post is OK.
» 郵資多少？	How much is the postage?
» 多久會寄到？	How long will it take to get there?
» 包裹裡只有文件。	The parcel ***contains*** only documents.
» 請給我兩張二十五分的郵票。	Two twenty-five cent stamps, please.
» 我要來領包裹。	I'm coming for a package.
» 要填哪張單子？	Which form do I need to fill in?
» 我要寄限時專送。	I want it to be sent by ***express***.
» 我要寄到澳洲。	Australia, please.
» 我想寄一封航空掛號信去法國。	I want to send a registered ***airmail*** letter to France.

這些單字一定要會

* **normal** [ˋnɔrml] **adj.** 標準的
* **contain** [kənˋten] **v.** 包括
* **express** [ɪkˋsprɛs] **n.** 快遞的
* **airmail** [ˋɛrˌmel] **n.** 航空郵件

寫作運用

I would like to send a registered letter by air mail to France. I'd like to send it by express. Which form do I need to fill out? What's the postage? How long will it take to arrive? By the way, Could you please give me a receipt? Thanks a lot.

　　我想寄一封航空掛號信去法國。我要寄限時專送。要填哪張單子？郵資多少？多久會寄到？對了，能給我收據嗎？多謝。

 寫作閱讀要這樣用 *Writing X Reading*

» I would like to send it just by normal post.　我要寄平信。

» What's the postage?　郵資多少？

» How long will it take to arrive?　多久會寄到？

» There are only documents in the ***parcel***.　包裹裡只有文件。

» Please give me two twenty-five cent ***stamps***.
　請給我兩張二十五分的郵票。

» I'm coming to get the ***package***.　我要來領包裹。

» Which form will I have to fill out?　要填哪張單子？

» I'd like to send it by ***express***.　我要寄限時專送。

» I'd like to send it to Australia.　我要寄到澳洲。

» I would like to send a registered letter by air mail to France.
　我想寄一封航空掛號信去法國。

這些單字一定要會

* **parcel** [ˈpɑrsl̩] **n.** 包裹
* **stamp** [stæmp] **n.** 郵票
* **package** [ˈpækɪdʒ] **n.** 包裹
* **express** [ɪkˈsprɛs] **n.** 限時遞送

Track 093

生活對話實境

A: *Which direction is the wash room?*
洗手間是哪個方向？

B: This way, please.
請這邊走。

日常口語就醬用 *Speaking X Listening*

情境	口語
» 我要一張全票。	Give me a full-price ticket.
» 票價是多少？	How much is the ticket?
» 售票機在哪裡？	Where is the ticket *machine*?
» 三號月台在哪裡？	Where is Platform 3?
» 我可以幫忙嗎？	May I help you?
» 請持票進站。	Please *enter* the station with your tickets.
» 服務人員在哪裡？	Where is the *serviceman*?
» 我們需要租輪椅。	We need to rent a wheel chair.
» 要在哪裡換車？	Where do we *transfer*?
» 洗手間是哪個方向？	Which direction is the wash room?

這些單字一定要會

* machine [məˈʃin] **n.** 機器
* serviceman [ˈsɝvɪsmən] **n.** 服務人員
* enter [ˈɛntɚ] **v.** 進入
* transfer [trænsˈfɝ] **v.** 轉換

寫作運用

Where can I find a ticket machine? I want to buy a full-price ticket. What's the price of the ticket? Where is Gate 3? Wow, it's far from here. I'd better go now. Thank you for your assistance.

售票機在哪裡？我要買一張全票。票價是多少？對了，三號門在哪裡？哇，離這裡好遠喔。我現在最好離開。謝謝你的協助。

寫作閱讀要這樣用 *Writing X Reading*

» I want to buy a full-price ticket.　我要一張全票。

» What's the *price* of the ticket?　票價是多少？

» Where can I find a ticket machine?　售票機在哪裡？

» Could you tell me where I can find Platform 3?
三號月台在哪裡？

» What can I do for you?　我可以幫忙嗎？

» Please show your *tickets* before you enter into the station.
請持票進站。

» Is there any serviceman?　服務人員在哪裡？

» We'd better rent a *wheelchair*.　我們需要租輪椅。

» Where should I head for transfer?　要在哪裡換車？

» Which *direction* shall I go for a wash room?
洗手間是哪個方向？

📖 這些單字一定要會

* **price** [praɪs] **n.** 價格
* **ticket** [ˈtɪkɪt] **n.** 車票
* **wheelchair** [ˈhwilˌtʃɛr] **n.** 輪椅
* **direction** [dəˈrɛkʃən] **n.** 方向

場景 03 借入／借出物品

Track 094

生活對話實境

A: *Do you mind if I keep it for another week?*
你介意再借給我一個星期嗎？

B: Of course not.
當然不啦。

 ### 日常口語就醬用 *Speaking X Listening*

情境	口語
» 你要借用前請先問過我。	Please ask when you want to **borrow** it from me.
» 我能用一下你的尺嗎？	May I use your **ruler**?
» 謝謝你借我東西。	Thank you for **lending** it to me.
» 不客氣。	You're welcome.
» 我真的很喜歡你那天借給我的CD。	I really like the CD you lent me the other day.
» 你這裡有沒有英語故事書？	I wonder if you have any story books in **English**.
» 對不起，我找不到你借給我的那本書。	I'm sorry, but I can't find the book you lent me.
» 你介意再借給我一個星期嗎？	Do you mind letting me keep it for another week?
» 記得要還給我。	Don't forget to give it back.
» 你用完了嗎？	Have you finished?

這些單字一定要會

* **borrow** [`bɑro] **v.** 借用
* **lend** [lɛnd] **v.** 借
* **ruler** [`rulɚ] **n.** 尺
* **English** [`ɪŋglɪʃ] **n.** 英語

寫作運用

Sam, I really like the book I borrowed from you the other day. ***Great appreciation to you for lending it to me.*** However, ***I am sorry that I cannot find the book I borrowed from you. Would you mind if I keep it for one more week?*** I will give it back to you next week.

山姆，我真的很喜歡你那天借給我的書。**謝謝你借給我。**不過，**對不起，我找不到你借給我的那本書。你介意再借給我一個星期嗎？** 我下星期就還你。

寫作閱讀要這樣用 *Writing X Reading*

» You should have asked for me permission before borrowing it from me.　你要借用前請先問過我。

» May I borrow your ruler?　我能用一下你的尺嗎？

» Great *appreciation* to you for lending it to me.
謝謝你借我東西。

» It is all right.　不客氣。

» I really like the *record* I borrowed from you the other day.
我真的很喜歡你那天借給我的唱片。

» I would like to know if you have got any story books in English?　你這裡有沒有英語故事書？

» I am sorry that I can not *find* the book I borrowed from you.
對不起，我找不到你借給我的那本書。

» Would you mind if I keep for one more week?
你介意再借我一個星期嗎？

» Remember to give it back to me.　記得要還給我。

» Have you *finished* using it?　你用完了嗎？

🍬 這些單字一定要會

* **appreciation** [əˌpriʃɪˈeʃən] **n.** 欣賞　* **find** [faɪnd] **v.** 找到

* **record** [ˈrɛkɚ] **n.** 唱片　* **finish** [ˈfɪnɪʃ] **v.** 完成

Part 4

旅遊 篇

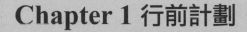

Chapter 1 行前計劃

Chapter 2 在機場

Chapter 3 旅遊行程中

Chapter 4 突發狀況

Part 4 音檔雲端連結

因各家手機系統不同，若無法直接掃描，
仍可以至以下電腦雲端連結下載收聽。
（https://tinyurl.com/3pnvh9v8）

場景 01 決定目的地

🔊⋯ **Track 095**

 生活對話實境

A: I am really into Asian culture. Thailand is my favorite country in Asia.
我對亞洲文化很感興趣。泰國是我最喜歡的亞洲國家。

B: I like Europe better and ***Italy is where I wanna go the most!***
我比較喜歡歐洲，而**義大利是我最想去的地方！**

😮 **日常口語就醬用** *Speaking X Listening*

情境	口語
» 你準備去哪裡旅行？	Where are you going to ***travel***?
» 我打算出國旅遊。	I'm going to travel ***abroad***.
» 你想去哪裡呢？	Where do you want to go?
» 我打算去巴黎。	I'm going to Paris.
» 我準備去法國。	I will go to France.
» 去俄羅斯怎麼樣？	How about Russia?
» 海邊好像不錯。	I think going to beach would be nice.
» 聽說開曼群島簡直就是天堂。	Cayman ***Islands*** seem like a ***heaven***.
» 英格蘭是我最想去的地方。	England is where I wanna go the most.
» 我一直都很想去澳洲。	I've wanted to go to Australia for a long time.

💬 **這些單字一定要會**

* **travel** [ˈtrævl] **v.** 旅行（指動作）
* **abroad** [əˈbrɔd] **adv.** 在國外、到海外
* **island** [ˈaɪlənd] **n.** 小島
* **heaven** [ˈhɛvən] **n.** 天堂

寫作運用

I plan to take a trip abroad. I will leave for America. I want to go to New York. Going to seaside would be a great choice. How do you think? Can you give me some suggestions?

　　我打算出國旅遊。我準備去美國，紐約是我最想去的地方。海邊好像不錯。你認為呢？可以給我一些建議嗎？

 寫作閱讀要這樣用 *Writing X Reading*

» What's the *destination* of your trip?　你準備去哪裡旅行？

» I plan to take a *trip* abroad.　我打算出國旅遊。

» Where would you like to go?　你想去哪裡呢？

» I plan to go to Paris.　我打算去巴黎。

» I will *leave for* France.　我準備去法國。

» What do you think of going to Russia?　去俄羅斯怎麼樣？

» Going to *seaside* would be a great choice.　海邊好像不錯。

» I've heard that Cayman Islands are like a paradise.
聽說開曼群島簡直就是天堂。

» England is the country I want go the most.
英格蘭是我最想去的地方。

» I always long to go to Australia.　我一直都很想去澳洲。

這些單字一定要會

* destination [ˌdɛstəˈneʃən] **n.** 目的地、終點

* trip [trɪp] **n.** 旅行、旅遊

* leave for [liv fɔr] **ph.** 動身去

* seaside [ˈsiˌsaɪd] **n.** 海邊

場景 02 訂票／訂房

生活對話實境

A: **Do you have any rooms available?**
你們還有房間嗎？

B: Yes, what kind of rooms do you need?
有的，你需要什麼樣的房間？

日常口語就醬用 *Speaking X Listening*

情境	口語
» 我要一間雙人房和三間三人房。	I need a double and three triples.
» 你們還有房間嗎？	Do you have any room available?
» 價錢怎麼算？	How much does it cost?
» 有附早餐嗎？	Is breakfast *included*?
» 我們今晚在這裡訂了 20 個房間。	We've *booked* twenty rooms here tonight.
» 我會打電話請旅行社訂票。	I'll call the travel *agency* to book tickets.
» 我要訂一張到美國的機票。	I need a ticket to America.
» 我想訂一張到水牛城的火車票。	I need a train ticket to Buffalo.
» 要訂兩個晚上。	Two nights.
» 我想確認一下我的預約。	I want to *confirm* my reservation.

這些單字一定要會

* include [ɪnˋklud] **v.** 包括

* book [bʊk] **v.** 預訂、登記

* agency [ˋedʒənsɪ] **n.** 代辦機構、代辦處

* confirm [kənˋfɝm] **v.** 確認

寫作運用

A double and three triples will be needed. I'd like to make a reservation for 2 nights. Do you offer breakfast? *How much is the payment?* Thank you for your help. I'd like to pay by credit card.

我要一間雙人房和三間三人房。要訂兩個晚上。有附早餐嗎？價錢怎麼算？謝謝幫忙。我要用信用卡付款。

寫作閱讀要這樣用 *Writing X Reading*

» A *double* and three *triples* will be needed.
我要一間雙人房和三間三人房。

» Are there any rooms *available* in your hotel?
你們還有房間嗎？

» How much is the payment?　價錢怎麼算？

» Will the breakfast be covered?　有附早餐嗎？

» We have a *reservation* of twenty rooms tonight.
我們今晚在這裡訂了 20 個房間。

» I'll give a call to the travel agency to book tickets.
我會打電話請旅行社訂票。

» I would like to book a ticket to America.
我要訂一張到美國的機票。

» I'd like to book a train ticket to Buffalo.
我想訂一張到水牛城的火車票。

» I'd like to make a reservation for 2 nights.　要訂兩個晚上。

» I hope to confirm my reservation.　我想確認一下我的預約。

🍩 這些單字一定要會

* **double** [ˋdʌbl̩] **adj.** 雙倍的
* **triple** [ˋtrɪpl̩] **n.** 三倍數
* **available** [əˋveləbl̩] **adj.** 有效的
* **reservation** [ˌrɛzɚˋveʃən] **n.** 預約、預訂

Track 097

生活對話實境

A: *Can I cancel the reservation?*
可以取消預訂嗎？

B: Yes, your name please, sir.
可以，請問您貴姓？

日常口語就醬用 *Speaking X Listening*

情境	口語
» 可以取消預訂嗎？	Can I cancel the reservation?
» 是否可以取消預訂？	Is it possible to cancel our reservation?
» 要提前多久通知才能取回訂金？	To get my *deposit* back, how early should I inform you?
» 抱歉，我要取消今天的訂位。	Sorry, I have to *cancel* today's reservation.
» 我想改期。	I want to change my reservation.
» 取消後可拿回訂金嗎？	Can I get a *refund* if I cancel?
» 可以拿回多少訂金？	How much can we get back?
» 我需要重新安排預訂了。	I need to *reschedule* my reservation.
» 現在取消我們的預訂是否太遲了？	Is it too late to cancel our reservation now?
» 預訂保留多久會取消？	How long will you hold the reservation?

這些單字一定要會

* **deposit** [dɪˋpɑzɪt] **n.** 存款、保證金
* **cancel** [ˋkænsl] **v.** 取消
* **refund** [rɪˋfʌnd] **n.** 退款
* **reschedule** [riˋskɛdʒul] **v.** 重新安排

寫作運用

I'm sorry, but I have to cancel the reservation for today. I would like to change the time of my reservation. Is it still appropriate to cancel our reservation at this point? Are we able to get a refund after the cancellation? How much refund can we get? Please reply me as soon as possible.

抱歉，我必須取消今天的訂位。我想改期。現在取消我們的預訂是否太遲了？ 取消後可拿回訂金嗎？ 可以拿回多少訂金？請即刻回覆我。

寫作閱讀要這樣用 *Writing X Reading*

» I'd like to cancel my *original* reservation and make a new one.
可以取消預訂嗎？

» Is it still *appropriate* to cancel our reservation at this point?
是否可以取消預訂？

» How long in advance should I call to cancel the reservation if I want to get my deposit back? 要提前多久通知才能取回訂金？

» I'm sorry, but I have to cancel the *reservation* for today.
抱歉，我要取消今天的訂位。

» I would like to change the time of my reservation. 我想改期。

» Arc we able to get a refund if we cancel? 取消後可拿回訂金嗎？

» How much refund can we get? 可以拿回多少訂金？

» May I have my reservation cancelled? 我需要重新安排預訂了。

» Is there any *possibility* to have our reservation cancelled?
現在取消我們的預訂是否太遲了？

» How long will the reservation last? 預訂保留多久會取消？

這些單字一定要會

* **original** [ə`rɪdʒənḷ]
  adj. 原始的、最初的

* **appropriate** [ə`propri͵et]
  adv. 適當的

* **reservation** [͵rɛzə`veʃən] v. 通知

* **possibility** [͵pɑsə`bɪlətɪ] n. 可能性

場景 01 機櫃報到

🌸 **生活對話實境**

A: *Do I check in for Flight 404 to London here?*
   到倫敦的404次航班是在這裡辦理嗎？

B: Yes, may I have your passport and ticket please?
   是的，我可以看一下您的護照和機票嗎？

 日常口語就醬用 *Speaking X Listening*

情境	口語
»請出示您的機票護照及行李。	Please show me your ticket, *passport* and luggage.
»這是我的護照和行李。	This is my passport and luggage.
»有兩件行李要托運。	I have two pieces of luggage to check.
»我想要靠走道／靠窗的位子。	I want an aisle seat / a window seat.
»我可以升等嗎？	Can I *upgrade* the class?
»我有多少哩程數了？	What's my mileage?
»我應該什麼時候辦理登機手續？	When should I *check in*?
»怎麼使用自動報到服務？	How can I use the self check-in service?
»這是你們的登機證。	Here are your *boarding passes*.
»到倫敦的404次航班是在這裡辦理嗎？	Do I check in for Flight 404 to London here?

🐟 **這些單字一定要會**

* **passport** [ˋpæsˏport] **n.** 護照、通行
* **upgrade** [ˋʌpˋgred] **v.** 升、升等
* **check in** [tʃɛk ɪn] **ph.** 報到、記錄
* **boarding pass** [bordɪŋ pæs] **v.** 登機證

寫作運用

Lady, I've got some questions. ***What time should I check in?
Here's my passport and luggage. I want these two pieces of
luggage to be checked. I would like to have a window seat.*** By the
way, ***may I have my seat class upgraded?***

女士，我有些問題。**我應該什麼時候辦理登機手續？這是我
的護照和行李。有兩件行李要托運。我想要靠窗的位子。**還有，
我可以升等嗎？

 寫作閱讀要這樣用 *Writing X Reading*

» May I have your ticket, passport and ***luggage***, please?
請出示您的機票護照及行李。

» Here's my passport and luggage. 這是我的護照和行李。

» I want these two ***pieces*** of luggage to be checked.
有兩件行李要托運。

» I would like to have a aisle seat / ***window*** seat.
我想要靠走道／靠窗的位子。

» May I have my seat class upgraded? 我可以升等嗎？

» How many ***mileages*** do I have? 我有多少哩程數了？

» What time should I check in? 我應該什麼時候辦理登機手續？

» Could you please show me how to use the self check-in
service? 怎麼使用自動報到服務？

» These are the boarding passes for you. 這是你們的登機證。

» Should I check in for Flight 404 to London here?
到倫敦的四零四次航班是在這裡辦理嗎？

🐟 **這些單字一定要會**

* **luggage** [ˈlʌgɪdʒ] **n.** 行李
* **window** [ˈwɪndo] **n.** 窗戶、靠窗的
* **piece** [pis] **n.** 件數（單位詞）
* **mileage** [ˈmaɪlɪdʒ] **n.** 哩程數

場景 02 準備登機

🌱 **生活對話實境**

> A: When should we go to the gate for our flight?
> 我們什麼時候要登機？
>
> B: Let me check. The **boarding time on the ticket says 18:05.**
> 讓我確認一下，**機票上的登機時間是 6 點 5 分。**

 日常口語就醬用 *Speaking X Listening*

情境	口語
»這是您的登機證。	Here's your boarding pass.
»能給我看一下您的登機證嗎？	Can I **see** your boarding pass, please?
»我們什麼時候登機？	When shall we board the flight?
»我需要重辦一張登機證。	I need a new boarding pass.
»這個是不允許帶上飛機的。	They are not allowed on the **plane**.
»我想要現場劃位。	I want to choose a **seat** after boarding.
»有人願意放棄機位嗎？	Does anybody want to **volunteer** his seat?
»請遺失登機證的人至失物招領處認領。	We now have a boarding pass at Lost and Found.
»登機時間是上午 8 點 20 分。	Boarding time is 8:20 a.m..
»機票上寫的登機時間是晚上 10 點 5 分。	The boarding time on the ticket says 10:05 p.m..

🐟 **這些單字一定要會**

* see [si] **v.** 看見
* plane [plen] **n.** 飛機
* seat [sit] **n.** 座位
* volunteer [ˌvɑlənˋtɪr] **v.** 自願、讓出

寫作運用

Ladies and gentlemen. May I have your attention, please. *A boarding pass has been found, please come to Lost and Found if you're the one who lost it. The time for boarding is 8:20 a.m..* Thank you for your attention.

各位先生女士請注意。**我們目前撿到一張登機證，請遺失的人至失物招領處來認領。登機時間是上午 8 點 20 分。**謝謝各位。

 寫作閱讀要這樣用 *Writing X Reading*

» This is your boarding pass.　這是您的登機證。

» Could you show me your boarding pass, please?
能給我看一下您的登機證嗎？

» What's the time for boarding the plane?　我們什麼時候登機？

» I have to *reapply* for a new boarding pass.
我需要重辦一張登機證。

» It is not *allowed* on plane.　這個是不允許帶上飛機的。

» I would like to *choose* a seat after boarding.　我想要現場劃位。

» Is there anyone who wants to give up his seat?
有人願意放棄機位嗎？

» A boarding pass has been found, please come to *Lost and Found* if you are the one who lost it.
請遺失登機證的人至失物招領處認領。

» The time for boarding is 8:20 a.m..　登機時間是上午 8 點 20 分。

» The ticket says the boarding time is 22:05.
機票上寫的登機時間是10 點 5 分。

🐟 這些單字一定要會

* **reapply** [riə`plaɪ] **v.** 重辦、重新申請
* **choose** [tʃuz] **v.** 選擇
* **allow** [ə`laʊ] **v.** 容許、考慮
* **Lost and Found** [lɔst ænd faʊnd] **ph.** 失物招領處

Track 100

生活對話實境

A: *Have you been to America before?*
　你以前來過美國嗎？

B: Yes, but it was five years ago.
　有的，不過那已經是五年前的事情了。

日常口語就醬用 *Speaking X Listening*

情境	口語
» 請給我你的護照。	May I have your passport, please?
» 此行的目的為何？	Why are you *visiting* here?
» 我是來觀光的。	I'm here for pleasure.
» 預計在美國停留多久？	How long will you be in America?
» 你以前來過美國嗎？	Have you been to America before?
» 你還有其他行李嗎？	Do you have any other *baggage*?
» 請打開這個袋子。	Please open this bag.
» 請將這張申報卡交給出口處的官員。	Please hand this *card* to the officer at the *exit*.
» 這個東西無法申報。	This can't be declared.
» 請問動植物要在哪裡申報？	Where do I check these animals and plants?

這些單字一定要會

* visit [ˋvɪzɪt] **v.** 訪問參觀
* baggage [ˋbægɪdʒ] **n.** 包裹
* card [kɑrd] **n.** 卡片
* exit [ˋɛgzɪt] **n.** 出口

寫作運用

Could you show me your passport, sir? *What's the purpose of your visit? How long will you be staying in the United States? Is this the first time you come to America? Have you got any other luggage? Please give the officer this declaration form at the exit.* Next...

麻煩請給我你的護照，先生。**此行的目的為何？預計在美國停留多久？你以前來過美國嗎？你還有其他行李嗎？請將這張申報卡交給出口處的官員。**下一個。

寫作閱讀要這樣用 *Writing X Reading*

» Could you show me your passport?　請給我你的護照。

» What's the purpose of your visit?　此行的目的為何？

» I am here for travelling.　我是來觀光的。

» How long will you be staying in the United States?
　預計在美國停留多久？

» Is this the first time you come to America?　你以前來過美國嗎？

» Have you got any other luggage?　你還有其他行李嗎？

» Please *disclose* this bag.　請打開這個袋子。

» Please give the *officer* this *declaration* form at the exit.
　請將這張申報卡交給出口處的官員。

» This will not be able to be *checked*.　這個東西無法申報。

» Where can I have these animals and plants checked?
　請問動植物要在哪裡申報？

🌀 這些單字一定要會

* disclose [dɪsˋkloz] **v.** 打開

* officer [ˋɔfəsɚ] **n.** 官員

* declaration [͵dɛkləˋreʃən]
　n. 申報宣佈

* check [tʃɛk] **v.** 查驗

場景 04 領行李

◀ Track 101

生活對話實境

A: My flight is NW769, *where can I get my baggage?*
我的班機是西北航空 769，**我在哪裡可以領行李？**

B: Please go to baggage claim no. 3.
請至三號行李領取處。

 日常口語就醬用 *Speaking X Listening*

情境	口語
» 我可以在哪裡領行李？	Where can I get my *baggage*?
» 我找不到我的行李。	I can't *find* my baggage.
» 我的行李不見了，需要填遺失報告。	We lost our luggage and need a luggage *report*.
» 找到行李後，請儘快送還給我。	Please deliver my baggage once you find it.
» 從紐約來的班機是在這裡領行李嗎？	Is this the baggage claim for the flight from New York?
» 你總共遺失了幾件行李？	How many pieces of baggage have you lost?
» 可以幫我拿一下行李嗎？	Can you help me to carry the luggage?
» 這些都是我的行李。	All these are my luggage.
» 行李車借給您用吧。	Please feel free to use this baggage cart.
» 行李還沒出來呢。	The baggage hasn't *come out* yet.

這些單字一定要會

* **baggage** ['bæɡɪdʒ] **n.** 行李
* **find** [faɪnd] **v.** 找到
* **report** [rɪ'port] **n.** 報告
* **come out** [kʌm aʊt] **ph.** 出來

寫作運用

Do I claim the baggage here? *We'd like to make a lost baggage report, since we lost our luggage. Please send me the baggage once you* **find** *it.* Please send them to the hotel I stay. Thank you.

是在這裡領行李嗎？**我們遺失了行李，需要填一份行李遺失報告。找到行李後，請儘快送還給我。**請把它們寄到我下榻的飯店，謝謝。

寫作閱讀要這樣用 *Writing X Reading*

» Where is the baggage *claim*?　我可以在哪裡領行李？

» I am *could* not find my baggage.　我找不到我的行李。

» We'd like to make a lost baggage report, since we lost our luggage.　我們的行李不見了，需要填遺失報告。

» Please send me the baggage once you find it.
找到行李後，請儘快送還給我。

» Is this where I claim the baggage of the flight from New York?
從紐約來的班機是在這裡領行李嗎？

» How many pieces of luggage did you *lose*?
你總共遺失了幾件行李？

» Would you please help me to carry the luggage?
可以幫我拿一下行李嗎？

» These are all my luggage.　這些都是我的行李。

» You're free to use this baggage *cart*.　行李車借給您用吧。

» The baggage hasn't been sent out yet.　行李還沒出來呢。

🎧 這些單字一定要會

* **claim** [klem] **v.** 要求、聲明
* **could** [kʊd] **adj.** 能、可以
* **lose** [lus] **v.** 遺失
* **cart** [kɑrt] **n.** 運貨車

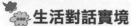

◀ Track 102

生活對話實境

A: Excuse me, *where is the transfer counter?*
　　打擾一下，**轉機櫃檯在哪裡？**

B: Follow the sign that says connection, it is on your left.
　　跟著寫著轉機的指示牌走，就在你的左手邊。

日常口語就醬用 *Speaking X Listening*

情境	口語
»轉機櫃檯在哪裡？	Where is the *transfer* counter?
»你能幫我安排轉機嗎？	Can you arrange a connecting flight for me?
»轉機到臺北是在這個櫃檯嗎？	Do I transfer here to Taipei?
»您要搭哪個航空？	Which flight do you want to take?
»我如何找到華航的轉機櫃檯？	How can I get to the transfer desk for China airline?
»我們要在這裡停留多久？	How long will we stop here?
»什麼時候起飛？	When is our next flight?
»需要再把行李提領出來嗎？	Do we need to check our baggage again?
»螢幕上有顯示轉機資訊。	There's transfer *information* on the *screen*.
»你好，請問 2 號登機口怎麼走？	Hello, where is *Gate* 2, please?

這些單字一定要會

* **transfer** [trænsˋfɝ] **v.** 轉乘
* **screen** [skrin] **n.** 螢幕
* **information** [͵ɪnfɚˋmeʃən] **n.** 資訊
* **gate** [get] **n.** 大門、登機口

寫作運用

Is this the right counter for transferring to Paris? Can you help me to arrange a flight transfer? When is our connecting flight going to take-off? By the way, *are we supposed to have our luggage checked again?* Since this is my first time traveling abroad, I am kind of nervous.

轉機到巴黎是在這個櫃檯嗎？你能幫我安排轉機嗎？什麼時候起飛？對了，需要再把行李提領出來嗎？因為這是我第一次出國，所以我很緊張。

 寫作閱讀要這樣用 *Writing X Reading*

» Where can I find the transfer counter?　轉機櫃檯在哪裡？

» Can you help me to *arrange* a flight transfer?
你能幫我安排轉機嗎？

» Is this the right counter for transferring to Taipei?
轉機到臺北是在這個櫃檯嗎？

» Which *airline* would you like to take?　您要搭哪個航空？

» How do I find the way for my transfer for China airline?
我如何找到華航的轉機櫃檯？

» How long *shall* we stay here?　我們要在這裡停留多久？

» When is our *connecting* flight going to take-off?
什麼時候起飛？

» Are we supposed to have our luggage checked again?
需要再把行李提領出來嗎？

» The screen shows the transfer info.　螢幕上有顯示轉機資訊。

» Where can I find Gate 2, please?　你好，請問 2 號登機口怎麼走？

🎧 這些單字一定要會

* arrange [əˋrendʒ] **v.** 安排
* shall [ʃæl] **v.** 應該
* airline [ˋɛr͵laɪn] **n.** 航空公司
* connecting [kəˋnɛktɪŋ] **adj.** 連結的

場景 01 問路

 🔊 **Track 103**

🌸 生活對話實境

A: ***Could you tell me how to get to the bank?***
你能告訴我銀行怎麼走嗎？

B: Turn right first, and then walk straight for about five minutes, it's on your left.
先右轉，再直走大約五分鐘，就在你的左邊。

 日常口語就醬用 *Speaking X Listening*

情境	口語
» 你可以指給我看嗎？	Could you ***point*** it for me?
» 你想去哪裡？	Where do you want to go?
» 到那裡怎麼樣最快？	What's the quickest way to get there?
» 是往哪個方向？	Which ***direction***?
» 你能告訴我郵局怎麼走嗎？	Could you tell me how to get to the post office?
» 走到那兒大約要多久？	How long will it take me to walk there?
» 這輛公車有到中央公園嗎？	Does this bus go to Central Park?
» 請在下一個路口右轉。	Please turn right at the next ***corner***.
» 我記得就在這條街第二個十字路口。	It was at the second ***crossing*** of this street.
» 這附近有藥局嗎？	Is there any drug store near here?

🍬 這些單字一定要會

* **point** [pɔɪnt] **v.** 用手指出
* **corner** [ˋkɔrnə] **n.** 角落
* **direction** [dəˋrɛkʃən] **n.** 方向、指導
* **crossing** [ˋkrɔsɪŋ] **n.** 十字路口

寫作運用

Excuse me, *could you please show me the way to the bank? How long does it take to get there? Which is the best way to get there? Could you show the way to me?* OK, I got it. You helped me a lot. Thank you.

抱歉,**你能告訴我銀行怎麼走嗎?走到那兒大約要多久?到那裡怎麼樣最快?你可以指給我看嗎?**好,我知道了。你幫我一個大忙,謝謝。

 寫作閱讀要這樣用 *Writing X Reading*

» Could you show the way to me? 你可以指給我看嗎?

» Is there any place you want to visit? 你想去哪裡?

» Which is the best way to get there? 到那裡怎麼樣最快?

» What's the direction? 是往哪個方向?

» Could you please show me the way to the *post office*?
你能告訴我郵局怎麼走嗎?

» How long does it take to get there? 走到那兒大約要多久?

» Will this bus take us to *Central* Park? 這輛公車有到中央公園嗎?

» Please turn right at the next intersection.
請在下一個路口右轉。

» I *remembered* it was at the second *intersection*.
我記得就在這條街第二個十字路口。

» Is there any pharmacy nearby? 這附近有藥局嗎?

⚓ **這些單字一定要會**

* **post office** [post ˋɔfɪs] **n.** 郵局

* **central** [ˋsɛntrəl] **adj.** 中心的

* **remember** [rɪˋmɛmbə]
v. 記得、記住

* **intersection** [ˏɪntəˋsɛkʃən]
n. 十字路口、交叉

場景 02 在遊覽景點

🔊 Track 104

☁️ **生活對話實境**

> A: *When will the museum open?*
> **博物館什麼時候開？**
>
> B: Ten in the morning.
> 早上十點。

 日常口語就醬用 *Speaking X Listening*

情境	口語
» 你有特別想去的景點嗎？	Do you want to visit any ***tourist*** spots?
» 博物館什麼時候開放？	When will the ***museum*** open?
» 給我一張全票／半票。	I need a full-price ticket / half-price ticket.
» 有導覽嗎？	Is there any ***guide***?
» 可以拍照嗎？	Can I take a photo?
» 門票要多少？	How much is the entrance fee?
» 有限定參觀時間嗎？	Is there any ***limitation*** to the visiting time?
» 我太累了，一步也走不動了。	I am too tired to move a step further.
» 艾菲爾鐵塔是一個觀光勝地。	The Eiffel Tower is a famous tourist spot.
» 那個公園很適合野餐。	That park is popular for picnics.

🐟 這些單字一定要會

* **tourist** [ˈturɪst] **n.** 旅行者、觀光客
* **guide** [gaɪd] **n.** 導遊、導覽
* **museum** [mjuˈzɪəm] **n.** 博物館
* **limitation** [ˌlɪməˈteʃən] **n.** 限制

寫作運用

Anne, you have lived here for two years. Can you go to the museum with me? By the way, *what's the opening hour of the museum? May I take pictures here? How much dose the admission cost? Is there any time limitation?*

安妮，妳住這裡兩年了，可以和我去博物館參觀嗎？對了，**博物館什麼時候開放？可以拍照嗎？門票要多少？有限定參觀時間嗎？**

寫作閱讀要這樣用 *Writing X Reading*

» Would you like to *look around* the tourist spots?
你有特別想去的景點嗎？

» What's the opening hour of the museum? 博物館什麼時候開放？

» I would like buy a *full*-price ticket / *half*-price.
給我一張全票／半票。

» Is there any guide available? 有導覽嗎？

» May I take pictures here? 可以拍照嗎？

» How much dose admission cost? 門票要多少？

» Is there any time limitation? 有限定參觀時間嗎？

» I'm so *tired* that I can't move a step further.
我太累了，一步也走不動了。

» Eiffel Tower is a popular tour spot. 艾菲爾鐵塔是一個觀光勝地。

» That park is perfect for picnic. 那個公園很適合野餐。

✐ 這些單字一定要會

* **look around** [luk əˋraund] **ph.** 遊覽
* **half** [hæf] **adv.** 一半的
* **full** [ful] **adv.** 全部的
* **tired** [taɪrd] **adj.** 疲勞的

場景 03 拍照留念

 生活對話實境

A: This garden is so beautiful! ***I want to take a picture here.***
這花園真美！**我想在這裡拍張照。**

B: Sure, let me help you.
可以啊，讓我來幫你吧。

日常口語就醬用 *Speaking X Listening*

情境	口語
» 我想在這裡拍張照。	I want to take a picture here.
» 這個位置可以嗎？	Is here OK?
» 我想去海邊拍些照片。	I want to go to the beach to take pictures.
» 這邊可以照相嗎？	Can I take photos here?
» 演出時我可以拍照嗎？	May I take pictures ***during*** the show?
» 能幫我和他們拍張照片嗎？	Can you take a picture of me with them?
» 想和這龍型燈籠來張合照嗎？	Do you wanna have a photo with the dragon lantern?
» 他們有提供拍照用的戲服。	They have costumes for photo ***shooting***.
» 要怎麼用這個相機？	How do I use the ***camera***?
» 按這邊就可以照了。	***Press*** here and you can take photos.

這些單字一定要會

* **during** [ˈdjʊrɪŋ] **prep.** 在…之間
* **shoot** [ʃut] **v.** 射擊
* **camera** [ˈkæmərə] **n.** 相機
* **press** [prɛs] **v.** 按

寫作運用

Wow. There are some actors and actress there. *Is photoraphy forbidden here? They have some costumes for photo taking. How do I use this camera? Could you help me to take a photo with them?* I am excited that I can take a picture with my favorite actor.

　　哇，這裡有些男演員和女演員耶。**這邊可以照相嗎？他們有提供拍照用的戲服呢。要怎麼用這個相機？能幫我和他們拍張照片嗎？**我很興奮能和我最愛的演員合照。

 寫作閱讀要這樣用 *Writing X Reading*

» I'd like to take a photo here.　我想在這裡拍張照。

» Is this spot fine with you?　這個位置可以嗎？

» I'm going to the beach to take some *photos*.
　我想去海邊拍些照片。

» Is photography *forbidden* here?　這邊可以照相嗎？

» Can I take any photos while watching the *show*?
　演出時我可以拍照嗎？

» Could you help me to take a photo with them?
　能幫我和他們拍張照片嗎？

» Would you like to take a photo with the dragon lantern?
　想和這龍型燈籠來張合照嗎？

» They have *costumes* for photo taking.
　他們有提供拍照用的戲服。

» How do I use this camera?　要怎麼用這個相機？

» Press here and then you can take photos.　按這邊就可以照了。

📷 這些單字一定要會

* **photo** [ˋfoto] **n.** 照片
* **forbid** [fɚˋbɪd] **v.** 禁止
* **show** [ʃo] **n.** 表演
* **costume** [ˋkɑstjum] **n.** 服裝、裝束

場景 04 交通工具

🔊··· Track 106

🍃 生活對話實境

A: I want to go to Taipei 101, *is there a bus I can take to get there?*
我想去臺北101，**有公車可以讓我搭到那裡嗎？**

B: Yes, the bus stop is just over there.
有的，公車站牌就在那邊。

 日常口語就醬用 *Speaking X Listening*

情境	口語
» 我可以在哪裡搭地鐵？	Where can I take the subway?
» 離這裡最近的公車站在哪？	Where is the nearest bus stop?
» 你知道我們要坐哪一路車嗎？	Do you know which *line* we should take?
» 有公車可以讓我搭到那裡嗎？	Is there a bus I can take to get there?
» 那邊很遠呢，你要搭公車才能到。	It is far away; you'll have to take the bus.
» 哪個路線比較方便？	Which way is more *convenient*?
» 大概要多久？	How long is it?
» 票價是多少呢？	What's the price of the ticket?
» 你可以搭地鐵，在第五大道下車。	You can *get off* at the Fifth *Avenue* for the subway.
» 這是從時代廣場到飯店的公車嗎？	Is it the bus from Time square to our hotel?

🐨 這些單字一定要會

* **line** [laɪn] **n.** 路線
* **convenient** [kən`vinjənt] **adv.** 便利的、方便
* **get off** [gɛt] **ph.** 下車
* **avenue** [`ævənju] **n.** 大道、大街

寫作運用

Can I take a bus to get there? Where is the closest bus stop? Could you please give me a direction? Moreover, *what's the most convenient way to go there? How long does it take? How much does the ticket cost?*

　　有公車可以讓我搭到那裡嗎？離這裡最近的公車站在哪？妳能指引我方向嗎？還有，**搭哪種車比較方便？大概要多久？票價是多少呢？**

 寫作閱讀要這樣用 *Writing X Reading*

» Where is the *subway station*?　我可以在哪裡搭地鐵？

» Where is the closest bus *stop*?　離這裡最近的公車站在哪？

» Do you know which bus we should take?
你知道我們要坐哪一路車嗎？

» Can I take a bus to get there?　有公車可以讓我搭到那裡嗎？

» It is *quite* far away from here. You'd better go by bus.
那邊很遠呢，你要搭公車才能到。

» What's the most convenient way to go there?
搭哪種車比較方便？

» How long does it take?　大概要多久？

» How much does the ticket cost?　票價是多少呢？

» You may take the subway and get off at the Fifth Avenue.
你可以搭地鐵，在第五大道下車。

» Is it the bus going from Time square to our hotel?
這是從時代廣場到飯店的公車嗎？

🔊 **這些單字一定要會**

* subway [ˈsʌbˌwe] **n.** 地鐵　　　* stop [stɑp] **n.** 車站

* station [ˈsteʃən] **n.** 車站　　* quite [kwaɪt] **adv.** 完全、很

場景 01 呼救

🔊 **Track 107**

🌫️ 生活對話實境

A: **Help!**
救命！

B: Hurry! Somebody is drowning.
快點！有人溺水了。

 日常口語就醬用 *Speaking X Listening*

情境	口語
» 救命！	Help!
» 快叫警察！	Call the police hurry!
» 誰來救救我！	Somebody help me!
» 有人受傷了！	Someone's **hurt**!
» 快來人！	Anybody!
» 失火了！	Fire!
» 好像有誰在喊救命。	It seems like someone is **crying** for help.
» 危險時應發出 SOS 信號呼救。	Send an SOS **signal** for help while in danger.
» 快開門！	Open the door!
» 他使出全身的力氣呼救。	He **used** all his strength to cry for help.

🐬 這些單字一定要會

* **hurt** [hɜt] **v.** 受傷
* **cry** [kraɪ] **v.** 呼救、哭喊
* **signal** [ˈsɪgn̩l] **n.** 信號
* **use** [jus] **v.** 用

寫作運用

Somebody help! Is there anybody! Is there anybody who can help me? Somebody call the police quickly! I am tired and scared, so *I use all my strength to cry for help.*

救命！快來人！誰來救救我？失火了！快叫警察！我很疲倦也很害怕，**所以我使出全身力氣呼救。**

 寫作閱讀要這樣用 *Writing X Reading*

» Somebody help! 救命！

» Somebody call the police quickly! 快叫警察！

» Is there anybody who can help me? 誰來救救我？

» There's someone who got hurt! 有人受傷了！

» Is there anybody! 快來人！

» It is on fire! 失火了！

» It seems that someone is *screaming* for help.
好像有誰在喊救命。

» You may send out an *SOS* signal to call for help while *in danger*. 危險時應發出 SOS 信號呼救。

» You should open the door right now. 快開門！

» He uses all his *strength* to cry for help.
他使出全身的力氣呼救。

🐟 這些單字一定要會

* scream [skrim] **v.** 尖叫、呼喊

* in danger [ɪn ˋdendʒɚ] **ph.** 在危險中

* SOS [ˋɛs͵oˋɛs] **n.** 緊急求救信號

* strength [strɛnθ] **n.** 力量

場景 02 被偷竊

◀ Track 108

 生活對話實境

A: *My wallet was stolen.*
我的錢包被偷了。

B: Go to the police hurry!
趕快報警!

日常口語就醬用 *Speaking X Listening*

情境	口語
» 我的錢包被偷了。	My wallet was stolen.
» 快報警吧。	Report it to the police right now!
» 我應該去哪裡報案?	*Where* can I find the police?
» 您損失了哪些財物?	What was stolen from you?
» 請填這個表格作報案。	Please fill out this form for the *report*.
» 是不是被偷了?	Do you think it's been stolen?
» 這是你遭偷竊的錢包嗎?	Is this stolen *purse* yours?
» 今天早上不見的。	I lost it this morning.
» 有人撿到我的相機嗎?	Anyone see my camera?
» 搭車的時候不見的。	It was *lost* on the bus.

這些單字一定要會

* where [hwɛr] **adv.** 在哪裡
* report [rɪˋport] **v.** 報告
* purse [pɝs] **n.** 錢包
* lost [lɔst] **adv.** 遺失

寫作運用

Is this the purse stolen by the thief? Please fill out this form for the report. What did the thief steal from you? In fact, you are so lucky that you can get you wallet back.

這是你遭偷竊的錢包嗎？請填這表格作報案。你損失了哪些財物？老實說，能拿回皮夾很幸運了。

寫作閱讀要這樣用 *Writing X Reading*

» The thief stole my *wallet*. 我的錢包被偷了。

» You should report to the police. 快報警吧。

» Where shall I to go to report it? 我應該去哪裡報案？

» What did the *thief steal* from you? 您損失了哪些財物？

» Please write out this form to make a report.
  請填這個表格作報案。

» Do you *consider* it's been stolen? 是不是被偷了？

» Is this the purse stolen by the thief? 這是你遭偷竊的錢包嗎？

» I couldn't find it this morning. 今天早上不見的。

» Did anyone find my camera? 有人撿到我的相機嗎？

» I lost it when I was taking a bus. 搭車的時候不見的。

這些單字一定要會

* **wallet** ['wɑlɪt] **n.** 錢包
* **thief** [θif] **n.** 盜賊、小偷
* **steal** [stil] **v.** 偷盜
* **consider** [kən`sɪdə] **v.** 考慮

場景 03 遺失

🌸 **生活對話實境**

A: ***I couldn't find my wallet*** after I came back from the theater.
　昨晚我從劇院回來後，**就找不到我的錢包了**。

B: Really! Did you go to the police?
　真的假的！你有去報案嗎？

 日常口語就醬用 *Speaking X Listening*

情境	口語
»去辦掛失吧。	Go report it lost.
»丟了什麼東西嗎？	What did you lose?
»可以幫忙找一下我的錢包嗎？	Can you help me find my ***wallet***?
»我的身分證丟了。	I ***lost*** my ID card.
»我身分證不見了，要辦張新的。	I lost my ID card, and I ***need*** a new one.
»我可能把照相機給丟了。	I think I've lost my camera.
»我的錢包丟了。	I can't find my wallet.
»要不要去失物招領中心？	Do you want to go to the Lost and Found Center?
»你護照丟了？	You lost your passport?
»你肯定是把錢包丟在劇院了嗎？	Are you ***sure*** you lost the wallet in the theatre?

🐌 **這些單字一定要會**

* **wallet** [ˋwɑlɪt] **n.** 皮夾

* **need** [nid] **v.** 需要

* **lose** [lɔs] **v.** 遺失

* **sure** [ʃʊr] **adv.** 確定

寫作運用

I found that my wallet has been lost. Can you help me to look for my wallet? Oh, my camera may have been lost. I can't believe I am so careless. I just learned a lesson.

　　我的錢包丟了。可以幫忙找一下我的錢包嗎？噢，我可能把相機給丟了。真不敢相信我這麼糊塗。我學到教訓了。

寫作閱讀要這樣用 *Writing X Reading*

» You'd ***better*** go to report it lost.　去辦掛失吧。

» Did you lose anything?　丟了什麼東西嗎？

» I found that my wallet has been lost.
可以幫忙找一下我的錢包嗎？

» I lost my ID card.　我的身分證丟了。

» I need to apply for a new ***identification*** since I lost it.
我身分證不見了，要辦張新的。

» My camera may have been lost.　我可能把照相機給丟了。

» Can you help me to ***look for*** my wallet?　我的錢包丟了。

» Would you like to go to the Lost and Found Center?
要不要去失物招領中心？

» Did you say you lose your passport?　你護照丟了？

» Are you sure you lost your wallet in the ***theatre***?
你肯定是把錢包丟在劇院了嗎？

🎧 這些單字一定要會

* **better** [`bɛtɚ] **adj.** 更好的、比較好　* **look for** [lʊk fɔr] **v.** 尋找

* **identification** [aɪ͵dɛntəfə`keʃən]
n. 鑑定、識別　* **theatre** [`θiətɚ] **n.** 劇場

場景 04 報警

 生活對話實境

A: This is the police station, may I help you?
  這邊是警察局,請問發生了什麼事嗎?

B: Yes, *I want to report a break-in at my house.*
  是啊,**我要報案,有人闖進我家了。**

日常口語就醬用 *Speaking X Listening*

情境	口語
» 我要報案,有人闖進我家了。	I want to report a ***break-in*** at my house.
» 可以幫我報警嗎?	Can you help me to call the police?
» 你好,派出所嗎?	Hello, police office?
» 我能幫你什麼忙嗎?	May I help you?
» 如果我是你,我會馬上報警。	If I were you, I'd contact the police immediately.
» 我的地址是……	My ***address*** is....
» 既然如此,我們只好報警了。	In that case, we'll need to contact the police.
» 好像有人報錯了警。	It looks like it's been a ***false*** alarm.
» 可以派人來嗎?	Could you send someone here?
» 員警正在調查那個案子。	The ***police*** are investing that accident.

🌼 **這些單字一定要會**

* **break-in** [brek `ɪn]
  ph. 破門而入、闖

* **address** [ə`drɛs] **n.** 地址

* **false** [fɔls] **adv.** 錯誤的

* **police** [pə`lis] **n.** 員警

寫作運用

Hello, is this the Police Station? I'd like to report a case. Somebody broke into my house. My address is as followed... Would you please send somebody here as soon as possible? Thanks a lot.

　　你好，派出所嗎？我要報案，有人闖進我家了。我的地址是……可以儘快派人來嗎？感謝。

寫作閱讀要這樣用 *Writing X Reading*

» I'd like to report a case. Somebody broke into my *house*.
我要報案，有人闖進我家了。

» Would you please help me to call the police? 可以幫我報警嗎？

» Hello, is this the Police Station? 你好，派出所嗎？

» What can I do for you? 我能幫你什麼忙嗎？

» I would call the police *immediately* if I were you.
如果我是你，我會馬上報警。

» My address is as followed.... 我的地址是……

» We will have to call the police if that really *happened*.
既然如此，我們只好報警了。

» It seems someone has reported wrong. 好像有人報錯了警。

» Would you please *send* somebody here? 可以派人來嗎？

» The policemen are doing the investigation of that case.
員警正在調查那個案子。

這些單字一定要會

* **house** [haʊs] **n.** 房子
* **immediately** [ɪˈmidɪtlɪ] **adv.** 立刻地
* **happen** [ˈhæpən] **v.** 發生
* **send** [sɛnd] **v.** 派遣

迷路了

◀··· Track 111

 生活對話實境

A: ***Could you tell me how to get to the bank? I'm lost.***
你能告訴我去銀行的路嗎？我迷路了。

B: No problem, I can take you there.
沒問題，我可以帶你去。

日常口語就醬用 *Speaking X Listening*

情境	口語
» 我迷路了。	I am lost.
» 你能告訴我去火車站的路嗎？	Could you tell me how to get to the train station?
» 你能告訴我現在處於地圖的哪個位置嗎？	Can you ***show*** me where I am on this ***map***?
» 這兒變化太大，我都迷路了。	I'm lost because there have been too many ***changes*** here.
» 是往哪個方向？	Where should I go?
» 我對這裡不熟，所以迷路了。	I'm not familiar with here so I'm lost.
» 該怎麼去呢？	How should I get there?
» 我好像和兒子走散了。	I ***am lost*** and can't find my son.
» 我不知道現在在哪裡。	I don't know where it is.
» 那邊沒有路標，所以我經常迷路。	There are no road signs there so I get lost often.

這些單字一定要會

* **show** [ʃo] **v.** 顯示、說明

* **map** [mæp] **n.** 地圖

* **change** [tʃendʒ] **n.** 改變

* **get lost** [gɛt lɔst] **ph.** 迷路

寫作運用

Could you point the direction to the bank? I lost my way.
What's the direction? How can we get there? I had lived here for
two years, but this place is always changing.

　　你能告訴我去銀行的路嗎？我迷路了。是往哪個方向？我以
前曾在這裡住過兩年，但這兒持續在改變。我都迷路了。

 寫作閱讀要這樣用 *Writing X Reading*

» I lost my *way*. 我迷路了。

» Could you point the *direction* to the train station?
你能告訴我去火車站的路嗎？

» Could you show me my *position* on this map?
你能告訴我現在處於地圖的哪個位置嗎？

» This place has been through dramatic change. I can barely
recognize the way here. 這兒變化太大，我都迷路了。

» What's the direction? 是往哪個方向？

» I'm a stranger here and I lost my way.
我對這裡不熟，所以迷路了。

» How can we get there? 該怎麼去呢？

» It *seems* I lost my son. 我好像和兒子走散了。

» I don't know where we are. 我不知道現在在哪裡。

» There used to be no road signs so I often lost my way.
那時沒有路標，所以我經常迷路。

🔍 這些單字一定要會

* **way** [we] **n.** 道路
* **direction** [dəˋrɛkʃən] **n.** 方向
* **position** [pəˋzɪʃən] **n.** 位置
* **seem** [sim] **v.** 似乎、好像

場景 06 車輛故障

🔊··· **Track 112**

生活對話實境

A: I guess ***the brakes failed***.
　 我想**煞車失靈了**！

B: Try to stop slowly!
　 試著慢慢停下來！

日常口語就醬用 *Speaking X Listening*

情境	口語
» 我的車壞了。	My car broke down.
» 可以幫忙拖車嗎？	Can you ***tow*** the car for me?
» 我的輪胎沒氣了。	I have a flat tire.
» 車子有點問題，我們需要打電話叫人。	There's something wrong with the car, we need to call someone.
» 我想汽車很快就要拋錨了。	I think the car will ***break down*** soon.
» 找人來拖車吧。	Find someone to tow the car.
» 留在原地等員警來。	Wait for the ***cops***.
» 汽車煞車失靈了。	The brakes failed.
» 我們在高速公路上拋錨了。	Our car broke down on the ***highway***.
» 需要我檢查一下輪胎嗎？	Do you want me to check the tires?

🐟 這些單字一定要會

* **tow** [to] **v.** 拖、拉　　　　　 * **cop** [kɑp] **n.** 警察

* **break down** [brek daʊn] **ph.** 拋錨　 * **highway** [ˈhaɪˌwe] **n.** 公路、大路

寫作運用

My car broke down. One of the tires of my car is flat. We realized that the car would soon stop working.

Don't be panic. Let's try to be relaxed and chat. *Wait for the police to come.*

我的車壞了。我的輪胎沒氣了。我想汽車很快就要拋錨了。

你不要驚慌失措！我們輕鬆一下並聊一下天吧。留在原地等員警來。

 寫作閱讀要這樣用 *Writing X Reading*

» My car broke down. 我的車壞了。

» Could you help me to tow the car? 可以幫忙拖車嗎？

» One of the tires of my car is flat. 我的輪胎沒氣了。

» There's a problem with the car, we need to get a phone call for help. 車子有點問題，我們需要打電話叫人。

» We *realized* that the car would soon stop *working*.
我想汽車很快就要拋錨了。

» Please send someone to tow the car. 找人來拖車吧。

» Wait for the police to *come*. 留在原地等員警來。

» The brakes failed to *grip*. 汽車煞車失靈了。

» Our car stoped working on the highway.
我們在高速公路上拋錨了。

» Would you mind letting me check the tires?
需要我檢查一下輪胎嗎？

⚙ **這些單字一定要會**

* **realize** [ˈriəˌlaɪz] **v.** 認識到
* **come** [kʌm] **v.** 出現、到來
* **work** [wɜk] **v.** 運作
* **grip** [grɪp] **v.** 緊握、支配

Part5

商業用語

篇

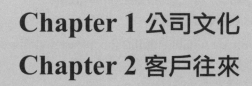

Chapter 1 公司文化
Chapter 2 客戶往來

Part 5 音檔雲端連結

因各家手機系統不同，若無法直接掃描，
仍可以至以下電腦雲端連結下載收聽。
（https://tinyurl.com/8taw69z6）

場景 01 面試

 Track 113

🌱 生活對話實境

A: *Thank you for giving me this opportunity.*
　謝謝您給我這個機會面試。

B: I think you are suitable for this job, please wait for our reply.
　我想您很適合這份工作，請靜候佳音吧。

😮 日常口語就醬用 *Speaking X Listening*

情境	口語
» 謝謝您抽出時間面試我。	Thank you for taking the time to interview me.
» 您好！	Hello!
» 我是傑瑞！	I'm Jerry.
» 請允許我自我介紹。	Let me *introduce* myself.
» 謝謝您給我這個機會面試。	Thank you for giving me this *opportunity*.
» 很高興能來面試。	I'm *honored* to be interviewed.
» 很高興見到您。	I'm glad to see you.
» 這是我的履歷，請過目。	This is my resume, please take a look.
» 我可以問個問題嗎？	May I ask a question?
» 能來貴公司面試，我非常榮幸。	I'm very happy to get this *interview*.

📖 這些單字一定要會

* **introduce** [ˌɪntrəˋdjus] **v.** 介紹、引進
* **honor** [ˋɑnɚ] **v.** 榮幸
* **opportunity** [ˌɑpɚˋtjunətɪ] **n.** 機會
* **interview** [ˋɪntɚˌvju] **n.** 採訪、面試

寫作運用

Good morning!

My name is Julia. It is my pleasure to meet you. Actually, *I am very grateful for this opportunity. Would you mind taking a look at my resume? Please allow me to give a self-introduction.* There are ten people in my family. My...

您好！

我是茉莉亞！很高興見到您。事實上，**謝謝您給我這個機會面試。這是我的履歷，請過目。請允許我做自我介紹。**我家有十個人。我的……

寫作閱讀要這樣用 *Writing X Reading*

» I *appreciate* that you spare time to interview me.
謝謝您抽出時間面試我。

» Good morning / afternoon!　您好！

» My name is Jerry.　我是傑瑞！

» Please allow me to give a *self-introduction*.
請允許我自我介紹。

» I am very grateful for this opportunity.
謝謝您給我這個機會面試。

» It is my *pleasure* to meet you.　很高興能來面試。

» It is a great honor to be interviewed.　很高興見到您。

» Would you mind taking a look at my resume?
這是我的履歷，請過目。

» I am *wondering* if I could ask a question.　我可以問個問題嗎？

» It gives me great pleasure to have this interview.
能來貴公司面試，我非常榮幸。

🐟 這些單字一定要會

* appreciate [ə`priʃɪet] v. 感激、欣賞
* pleasure [`plɛʒɚ] n. 快樂、愉悅
* self-introduction [sɛlf͵ɪntrəˋdʌkʃən] n. 自我介紹
* wonder [`wʌndɚ] v. 懷疑、想知道

場景 02 個人簡介

🍃 生活對話實境

> A: What is your competitive advantage?
> 你的競爭優勢是什麼？
>
> B: ***I can speak three foreign languages*** and I have worked in a similar field for 3 years.
> **我精通三種外語**，而且我已在類似領域工作三年了。

日常口語就醬用 *Speaking X Listening*

情境	口語
» 我剛剛畢業。	I just graduated.
» 我自某大學畢業。	I graduated from XX ***university***.
» 我大學主修商業。	I studied Business in university.
» 我精通三種外語。	I can speak three foreign languages.
» 請多多包涵。	Please ***bear*** with me.
» 我從沒接觸過這個領域的工作。	I've never worked in this field.
» 我會使用微軟 office 軟體。	I can use Microsoft office ***software***.
» 我有相關證照。	I have a license for this position.
» 我以前是銷售員。	I was a ***salesman***.
» 我已經工作三年了。	I've worked for three years.

🐝 這些單字一定要會

* **university** [ˌjunəˋvɝsətɪ] **n.** 大學
* **bear** [bɛr] **v.** 忍受、包涵
* **software** [ˋsɔftˏwɛr] **n.** 軟體
* **salesman** [ˋselzmən] **n.** 推銷員

寫作運用

I just graduated from XX university. I am an English major student. *I master in three foreign languages. I worked as a salesman* and *my last job has lasted for five years.* I look forward to working here. Thank you.

我自○○大學畢業，我大學主修英文；**我精通三種外語。我以前是銷售員**且**我已經工作五年了。**我期待能在此工作，謝謝。

 寫作閱讀要這樣用 *Writing X Reading*

» I just *graduated* form school not long ago.　我剛剛畢業。

» I just graduated from XX university.　我自某大學畢業。

» I am a Business *major*.　我大學主修商業。

» I *master* in three foreign languages.　我精通三種外語。

» Please excuse any mistakes there may be.　請多多包涵。

» I have worked in this field before.
　我從沒接觸過這個領域的工作。

» I can use Microsoft office software.　我會使用微軟 office 軟體。

» I have the *qualification* to do this job.　我有相關證照。

» I worked as a salesman.　我以前是銷售員。

» My last job has lasted for three years.　我已經工作三年了。

這些單字一定要會

* **graduate** [ˋgrædʒʊˏet] **v.** 畢業

* **major** [ˋmedʒɚ] **n.** 主修、課目

* **master** [ˋmæstɚ] **v.** 精通

* **qualification** [ˏkwɑləfəˋkeʃən]　**n.** 資格、條件

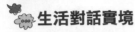 **場景 03 公司概況**

🌸 生活對話實境

A: I am worried that I am not qualified for this job.
我擔心我不能勝任這份工作。

B: Don't worry. ***They give new workers three-month training.***
別擔心，**它們提供三個月的培訓期。**

😃 日常口語就醬用 *Speaking X Listening*

情境	口語
» 我們是全球三大企業之一。	Our company is one of the three biggest in the world.
» 這家公司成立於1999年。	This company was ***set up*** in 1999.
» 這家公司位於日本。	This company is in Japan.
» 這家公司主要販賣電腦軟體。	This company mainly sells computer software.
» 這家公司現有員工800名。	There are 800 workers in this company.
» 這家公司可是這個行業的龍頭。	This company is the leader in this industry.
» 本公司和 50 家企業有業務往來。	We do business with 50 ***enterprises***.
» 這家公司打算明年擴大業務範圍。	We are going to make our business scope larger next year.
» 本公司是日本最大的量販業者。	We are the largest ***wholesaler*** in Japan.
» 它們提供一個月的培訓期。	They give new workers one-month ***training***.

💎 這些單字一定要會

* **set up** [sɛt ʌp] **ph.** 建立

* **enterprise** [ˈɛntɚˌpraɪz] **n.** 企業

* **wholesaler** [ˈholˌselɚ] **n.** 批發商

* **training** [ˈtrenɪŋ] **n.** 訓練、培養

寫作運用

This company is located in Japan, and has been established for 5 years. *The main business of this company is office supplies. This company has 150 employees. It has* made a plan for *expansion of its business scope next year.* If you are interested in working here, you can send your resume.

這家公司位於日本，已經成立於5年。**這家公司主要販賣辦公用品，現有員工150名。這家公司打算明年擴大業務範圍，**有興趣在此工作的人可以投遞履歷表。

 寫作閱讀要這樣用 *Writing X Reading*

» This company is one of the three biggest in the world.
我們是全球三大企業之一。

» This company was *established* in 1999.
這家公司成立於 1999 年。

» This company is *located* in Japan. 這家公司位於日本。

» The main business of this company is selling computer software. 這家公司主要販賣電腦軟體。

» This company has 800 *employees*. 這家公司現有員工800名。

» This company plays a leading role in this industry.
這家公司可是這個行業的龍頭。

» Our company is doing business with 50 enterprises.
本公司和 50 家企業有業務往來。

» We have made a plan for *expansion* of its business scope next year. 這家公司打算明年擴大業務範圍。

» Our company is the biggest wholesaler in Japan.
本公司是日本最大的量販業者。

» They provide one-month staff-training for new employees.
它們提供一個月的培訓期。

這些單字一定要會

* establish [əˋstæblɪʃ] **v.** 建立、創辦
* locate [ˋloket] **v.** 使⋯位於
* employee [ɪmˋplɔɪi] **n.** 雇員
* expansion [ɪkˋspænʃən]
  n. 膨脹、闡述

Track 116

 生活對話實境

A: *Can you show me how to use the printer?*
你能教我怎麼使用印表機嗎？

B: I'm afraid that I can't. The printer broke down this morning.
恐怕不行，印表機今天早上壞了。

 日常口語就醬用 *Speaking X Listening*

情境	口語
» 不好意思打擾你了。	I'm sorry to **bother** you.
» 能幫我一個忙嗎？	Can you help me?
» 我們商量一下這個計畫吧。	Let's talk about this plan.
» 這些資料要在開會前準備好。	We need these information before the meeting.
» 你覺得應該刪減預算還是取消計畫？	What do you think, cut-back or **cancel** the plan?
» 別擔心，你能完成。	Take it easy, you'll make it.
» 謝謝你支持我。	Thank you for your **support**.
» 下次我會更加小心的。	I'll be more careful next time.
» 你能教我怎麼使用印表機嗎？	Can you show me how to use the **printer**?
» 我負責這個部份。	I will take responsibility for this part.

這些單字一定要會

* bother [ˈbɑðɚ] **v.** 打擾
* support [səˈport] **n.** 支持
* cancel [ˈkænsl] **v.** 取消、撤銷
* printer [ˈprɪntɚ] **n.** 印表機、印刷工

寫作運用

Beth, *I am sorry for bothering you. Would you mind doing me a favor? The preparation of this document should be completed before the meeting. I am responsible for this part.* Can you finish making copies before 3? Thanks a lot.

貝絲，**不好意思打擾妳，能幫我一個忙嗎？這些資料要在開會前準備好，我負責這個部份，**你三點前能幫我影印完成嗎？萬分感謝。

 寫作閱讀要這樣用 *Writing X Reading*

» I am sorry for bothering you.　不好意思打擾你了。

» Would you mind doing me a *favor*?　能幫我一個忙嗎？

» Let us have a discussion about this plan.
我們商量一下這個計畫吧。

» The preparation of this document should be *completed* before the meeting.　這些資料要在開會前準備好。

» Shall we *cut* the budget or cancel the plan?
你覺得應該刪減預算還是取消計畫？

» Do not worry, you will *accomplish* it.　別擔心，你能完成。

» I appreciate your support.　謝謝你支持我。

» I will be extra careful next time.　下次我會更加小心的。

» Would you mind teaching me how to use the printer?
你能教我怎麼使用印表機嗎？

» I am responsible for this part.　我負責這個部份。

🎓 **這些單字一定要會**

* **favor** [ˈfevɚ] **n.** 恩惠、幫忙　　* **cut** [kʌt] **v.** 刪減、減少
* **complete** [kəmˈplit] **v.** 完成　　* **accomplish** [əˈkɑmplɪʃ] **v.** 完成

🔊 Track 117

 生活對話實境

A: *I am going to Chicago for business tomorrow.*
　　我明天要去芝加哥出差。

B: When will you be back from Chicago?
　　何時從芝加哥回來?

😮 **日常口語就醬用** *Speaking X Listening*

情境	口語
» 我明天要去芝加哥出差。	I'm going to Chicago for a business tomorrow.
» 這邊的工作暫由助理負責。	The assistant is responsible for the work *currently*.
» 坐飛機去。	I will *fly* there.
» 在那邊要待一個星期。	I'll stay there for one week.
» 那邊事情處理完後馬上回來。	I'll be back after the problems are solved.
» 我還沒做完工作。	My work is not done yet.
» 東西做不完了。	I can't *finish* on time.
» 幫我準備一些咖啡。	Please get me some coffee.
» 大家抓緊時間。	*Hurry* up!
» 今天晚上必須加班。	I have to work tonight.

🐟 **這些單字一定要會**

* **currently** [ˋkɝəntlɪ] **adv.** 目前的
* **finish** [ˋfɪnɪʃ] **v.** 完成
* **fly** [faɪ] **v.** 飛行
* **hurry** [ˋhɝɪ] **v.** 匆忙、趕快

寫作運用

Dear Amy, *I am leaving for a business trip to Chicago tomorrow. My visit will last for one week. I will return as soon as the problems are settled. The assistant will be in charge of the current work temporarily.* If you have any question, please contact my assistant, Sean. Thank you.

親愛的艾咪，**我明天要去芝加哥出差，在那邊要待一個星期。那邊事情處理完後馬上回來，這邊的工作暫由助理負責。**如果有問題，請和我助理史恩聯繫，謝謝。

 寫作閱讀要這樣用 *Writing X Reading*

» I am leaving for a business *trip* to Chicago tomorrow.
我明天要去芝加哥出差。

» The assistant will be in charge of the current work *temporarily*.
這邊的工作暫由助理負責。

» I will take a flight there. 坐飛機去。

» My visit will *last* for one week. 在那邊要待一個星期。

» I will return as soon as the problems are settled.
那邊事情處理完後馬上回來。

» I have not finished my work yet. 我還沒做完工作。

» I won't be able to finish it today. 東西做不完了。

» Please prepare some coffee for me. 幫我準備一些咖啡。

» We must hurry up. 大家抓緊時間。

» I have to work *late* tonight. 今天晚上必須加班。

🦋 **這些單字一定要會**

* **trip** [trɪp] **n.** 旅行
* **temporarily** [ˈtɛmpəˌrɛɪlɪ] **adv.** 臨時地
* **last** [læst] **v.** 持續
* **late** [let] **adv.** 遲到、晚點

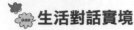 **請假**

生活對話實境

A: ***Can I have the day off tomorrow?***
明天我能請假嗎？

B: For what?
請什麼假？

日常口語就醬用 *Speaking X Listening*

情境	口語
» 明天我能請假嗎？	Can I have the day off tomorrow?
» 我明天有事。	I have something to do tomorrow.
» 我感冒了。	I have a cold.
» 昨天晚上著涼了。	I caught a ***chill*** last night.
» 他請了三天病假。	He took three days off due to ***illness***.
» 我明天不會來。	I am off tomorrow.
» 如果有急事的話，請打我手機。	Please call me if there is something ***urgent***.
» 請假原因是什麼？	What's the reason?
» 我有年假嗎？	Do I have annual leave?
» 公司職員每年有十天的帶薪假。	The worker has ten days ***paid leave*** every year.

👄 **這些單字一定要會**

* chill [tʃɪl] **n.** 寒冷
* illness [ˈɪlnɪs] **n.** 疾病

* urgent [ˈɝdʒənt] **adj.** 緊急的
* paid leave [ped liv] **ph.** 有薪假期

寫作運用

Mr. Stone, *could I ask for leave tomorrow? I am suffering from cold*, so I want to take a day off tomorrow. *Please make a telephone call if there's anything urgent.* Thank you for your understanding.

　　史東先生，**明天我能請假嗎？我感冒了**，所以我明天想請假。**如果有急事的話，請打我手機。**謝謝您的體諒。

 寫作閱讀要這樣用 *Writing X Reading*

> » Could I ask for leave tomorrow?　明天我能請假嗎？

> » I am occupied tomorrow.　我明天有事。

> » I am *suffering from* cold.　我感冒了。

> » I caught a cold last night.　昨天晚上著涼了。

> » He asked for sick leave for three days.　他請了三天病假。

> » I am *on leave* tomorrow.　我明天不會來。

> » Please make a telephone call in case of something urgent.
>   如果有急事的話，請打我手機。

> » For what reasons do you request leave?　請假原因是什麼？

> » Can I require for *annual* leave?　我有年假嗎？

> » The employee here *is entitled to* an annual paid leave of ten
>   days.　公司職員每年有十天的帶薪假。

這些單字一定要會

* **suffer from** [ˈsʌfɚ frɑm]
  ph. 忍受、遭受

* **on leave** [ɑn liv] **ph.** 休假

* **annual** [ˈænjuəl] **adj.** 年度的

* **be entitled to** [bɪ ɪnˈtaɪt̬ld tu]
  ph. 有權利

🔊 **Track 119**

🗨️ 生活對話實境

A: What's the matter?
   請問有什麼事嗎？

B: Excuse me. *I want to discuss my salary.*
   是這樣的，**我想跟您談談薪資的事。**

 日常口語就醬用 *Speaking X Listening*

情境	口語
» 我不滿意現在的薪資狀況。	I am not satisfied with my current wages.
» 我的待遇與我的表現不符。	I deserve more.
» 感謝您對我的栽培。	Thank you for your help.
» 我的薪水太低。	My *salary* is too low.
» 我升職了。	I've been promoted.
» 我的能力得到了公司的認可。	My ability is *recognized* by the company.
» 我想跟您談談薪的事。	I want to discuss my salary.
» 我的努力得到了回報。	I'm paid back for my effort.
» 我在別的公司可能會得到更好地待遇。	I can *earn* more at other companies.
» 一定不辜負您的期望！	I'll not *disappoint* you for sure.

🍬 這些單字一定要會

* **salary** [ˋsælərɪ] **n.** 工資、薪水

* **recognize** [ˋrɛkəɡˏnaɪz] **v.** 確認、承認

* **earn** [ɝn] **v.** 賺、獲得

* **disappoint** [ˏdɪsəˋpɔɪnt] **v.** 使失望

寫作運用

Excuse me. Can I have a word with you about my salary? I don't think my wage is good now. Frankly, I think *I was underpaid. It is very likely that I would be paid better in other companies. I always think my high performance should be rewarded better.* If you can raise my pay, I will appreciate it.

抱歉，**我想跟您談談薪資的事。我不滿意現在的薪資狀況。**實際上而言，**我的薪水太低，我在別的公司可能會得到更好地待遇。我一直認為我的待遇與我的表現不符**，如果你能幫我加薪，我將感激不盡。

寫作閱讀要這樣用 *Writing X Reading*

» I don't think my *wage* is good now.　我不滿意現在的薪資狀況。

» My high performance should be rewarded better.
　我的待遇與我的表現不符。

» I should like to acknowledge my indebtedness and gratitude to you.　感謝您對我的栽培。

» I was *underpaid*.　我的薪水太低。

» I have been given a promotion.　我升職了。

» My ability is recognized.　我的能力得到了公司的認可。

» Excuse me. Can I have a word with you about my salary?
　我想跟您談談薪資的事。

» My effort is *rewarded*.　我的努力得到了回報。

» It is very *likely* that I would be paid better in other companies.
　我在別的公司可能會得到更好地待遇。

» I will never fall short of your expectations.
　一定不辜負您的期望！

🔖 這些單字一定要會

* **wage** [wedʒ] **n.** 薪資、待遇
* **underpay** [ˌʌndəˈpe] **v.** 少付工資
* **reward** [rɪˈwɔrd] **v.** 報答、回報
* **likely** [ˈlaɪklɪ] **adj.** 可能的

Track 120

🗨️ **生活對話實境**

A: *I've decided to quit.*
　 我決定離職。

B: What are you going to do next?
　 那你接下來打算怎麼做？

 日常口語就醬用 *Speaking X Listening*

情境	口語
» 我決定離職。	I've decided to *quit*.
» 我想休息一陣子。	I want to take a break for a while.
» 我犯了嚴重的作業疏失。	I *screwed up* my work seriously.
» 感謝大家以往的合作與支持。	Thank you for your help and *support*.
» 公司覺得我不適合。	The manager thinks that I can't handle the work.
» 我被炒魷魚了。	I've been *fired*.
» 我決定嘗試一下別的領域。	I want to explore other fields.
» 得找另一份工作了。	I have to look for a new job.
» 公司為節省開支要裁員了。	The company is going to fire employees for its budget.
» 我覺得這份工作不適合我。	I don't think I can handle this job.

🐟 **這些單字一定要會**

* **quit** [kwɪt] **v.** 離開　　　* **support** [səˋport] **n.** 支持

* **screw up** [skru ʌp] **ph.** 搞砸　　* **fire** [faɪr] **v.** 解雇

寫作運用

Brad and Brenda, I want to tell you one thing. *I have decided to resign* because *I don't think I will be able to continue doing this kind of work. I want to try working in other fields.* Or maybe *I'll just take a long vacation. I appreciate your help and support.* Let's stay in touch.

布萊德和布蘭達，我有件事要告訴你們，**我決定離職**，因為**我覺得這份工作不適合我。我決定嘗試一下別的領域**，或者**我會想休息一陣子。感謝大家以往的合作與支持。**我們保持聯絡喔！

 寫作閱讀要這樣用 *Writing X Reading*

» I have decided to *resign*.　我決定離職。

» I will just take a long vacation.　我想休息一陣子。

» I totally messed up my work.　我犯了嚴重的作業疏失。

» I appreciate your help and support.
　感謝大家以往的合作與支持。

» The company thinks I am not the right person.
　公司覺得我不適合。

» I lost my job.　我被炒魷魚了。

» I want to try working in other *fields*.　我決定嘗試一下別的領域。

» I have no choice but to look for a new job.　得找另一份工作了。

» The company will *lay off* employees in order to reduce cost.
　公司為節省開支要裁員了。

» I don't think I will be able to *continue* doing this kind of work.
　我覺得這份工作不適合我。

這些單字一定要會

* **resign** [rɪˋzaɪn] **v.** 辭職
* **field** [fɪld] **n.** 領域
* **lay off** [le ɔf] **ph.** 解僱
* **continue** [kənˋtɪnju] **v.** 繼續

Chapter 2 客戶往來

場景 01 拜訪客戶

◀·· Track 121

生活對話實境

A: **Are you free tomorrow morning?**
明天上午您有時間嗎？

B: No, I have a meeting with my supervisor.
沒有，我要和我的主管開會。

日常口語就醬用 *Speaking X Listening*

情境	口語
» 感謝您抽出時間見我。	Thank you for meeting me.
» 向您介紹一下公司最新的產品。	Let me introduce you to our *latest product*.
» 我們會合作愉快的。	We'll work well together.
» 您對我們公司的產品還滿意嗎？	Are you *satisfied* with our products?
» 這個計畫您有什麼意見嗎？	Do you have any ideas about this plan?
» 我可以去拜訪您嗎？	Can I go to see you?
» 週三下午您有時間嗎？	Are you *free* Wednesday afternoon?
» 我們約在下午1點，可以嗎？	Can we meet at 1 p.m.?
» 我來拜訪陳小姐。	I'm here to see Miss Chen.
» 感謝您使用我們公司的產品。	Thank you for using our products.

這些單字一定要會

* **latest** [letɪst] **adj.** 最新的

* **product** [ˋpradəkt] **n.** 產品

* **satisfy** [ˋsætɪsˏfaɪ]
v. 令人滿意、令人滿足

* **free** [fri] **adj.** 有空的、自由的

寫作運用

Do you have time for an appointment tomorrow morning, Mr. Cage? *Could I make a visit to you? Can we set our appointment at 10 o'clock tomorrow morning? It is my pleasure to introduce you our newest product.* It will take you only twenty minutes.

明天上午您有時間嗎？我可以去拜訪您嗎，凱吉先生？**我們約在上午10點，可以嗎？向您介紹一下公司最新的產品。** 只要二十分鐘就可以了。

 ## 寫作閱讀要這樣用 *Writing X Reading*

» I appreciate that you spare time to meet me.
　感謝您抽出時間見我。

» It is my pleasure to introduce you to our newest product.
　向您介紹一下公司最新的產品。

» We will have a *cordial* working *relationship*.
　我們會合作愉快的。

» Do you *like* of our products?　您對我們公司的產品還滿意嗎？

» May I ask your advice on this plan?　這個計畫您有什麼意見嗎？

» Could I make a visit to you?　我可以去拜訪您嗎？

» Do you have time for an appointment Wednesday afternoon?
　週三下午您有時間嗎？

» Can we set our appointment at 1 o'clock in the afternoon?
　我們約在下午 1 點，可以嗎？

» I am here to *visit* Miss Chen.　我來拜訪陳小姐。

» It is a great pleasure to see you using our products.
　感謝您使用我們公司的產品。

這些單字一定要會

* **cordial** [ˈkɔrdʒəl]
  adj. 熱忱的、誠懇的

* **visit** [ˈvɪzɪt] **v.** 拜訪

* **relationship** [rɪˈleʃənˌʃɪp] **n.** 關係

* **like** [laɪk] **adj.** 喜歡、喜愛

接待客戶

◀⋯ **Track 122**

生活對話實境

A: ***Can I get you something to drink?***
　　您要喝點什麼嗎？

B: Yes, I would like to have a cup of tea, please.
　　好，請給我一杯茶。

日常口語就醬用 *Speaking X Listening*

情境	口語
» 很高興您的來訪。	I'm ***happy*** about your visit to our company.
» 請跟我來。	Come with me.
» 歡迎您來我們公司。	***Welcome***!
» 您要喝點什麼嗎？	Can I get you something to drink?
» 您要咖啡或茶？	***Coffee*** or tea?
» 請稍後，經理馬上就到。	Hold on, the manager is coming.
» 請坐。	Please sit down.
» 請稍等。	Just a ***minute***!
» 請慢走。	Bye!
» 感謝您的光臨。	Thank you for coming.

這些單字一定要會

* **happy** [ˋhæpɪ] **adj.** 快樂的
* **welcome** [ˋwɛlkəm] **adj.** 受歡迎的
* **coffee** [ˋkɔfɪ] **n.** 咖啡
* **minute** [ˋmɪnɪt] **n.** 分鐘

寫作運用

Welcome to our company, Mr. Cruise. *Please be seated. Please wait for a few minutes, Manager Wang will be here soon. Would you like to have something to drink?* Black tea or coffee? Coffee? OK, I'll be right back in one minute.

歡迎您來我們公司，克魯斯先生。**請坐。請稍候，王經理馬上就到。您要喝點什麼嗎？**紅茶還是咖啡好嗎？您要咖啡。好的，我一分鍾之內回來。

 寫作閱讀要這樣用 *Writing X Reading*

» Thank you so much for your *visit*. 很高興您的來訪。

» Could you follow me, please? 請跟我來。

» Welcome to our company. 歡迎您來我們公司。

» Would you like to have something to drink? 您要喝點什麼嗎？

» Would you like to have a cup of coffee or tea? 您要咖啡或茶？

» Please *wait for* a few minutes, the manager will be here soon. 請稍候，經理馬上就到。

» Please be *seated*. 請坐。

» Could you wait for a few minutes, please! 請稍等。

» Good bye! Have a good day. 請慢走。

» Thank you for your *presence*. 感謝您的光臨。

這些單字一定要會

* **visit** [ˋvɪzɪt] **v.** 拜訪
* **wait for** [wet fɔr] **ph.** 等待
* **seat** [sit] **v.** 坐下
* **presence** [ˋprɛzns] **n.** 出席、參加

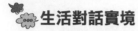

場景 03 簡報／專案報告

🔊 Track 123

🌩 生活對話實境

A: ***Any suggestion for plan B?***
　　大家對B計畫有什麼建議？

B: I think if the marketing department can help us, the profit will be more considerable.
　　我想若行銷部能給予協助，利潤將會更可觀。

🐨 日常口語就醬用 *Speaking X Listening*

情境	口語
» 這次簡報的主題是關於 B 計畫。	The ***briefing*** is about plan B.
» 請經理為我們介紹一下 B 計畫。	Please let manager introduce us to plan B.
» 參加 B 計畫的部門有以下幾個……	The departments ***involved*** in the plan B are...
» 下面我們討論一下 B 計畫的預算。	Let's talk about the cost of plan B.
» 大家對 B 計畫有什麼問題嗎？	Are there any question about plan B?
» B 計畫的準備工作進行得怎麼樣了？	How is the preparation going for plan B?
» 大家對 B 計畫有什麼建議？	Any suggestion for plan B?
» 還有其他問題嗎？	Any other questions?
» 會議結束後請交一份 B 計畫的報告。	Please ***hand in*** a report about the plan B after the meeting.
» 散會！	The meeting is ***dismissed***.

🐚 這些單字一定要會

* **briefing** [brifɪŋ] **n.** 簡報
* **involve** [ɪnˋvɑlv] **v.** 包含、牽涉
* **hand in** [hænd ɪn] **ph.** 繳交
* **dismiss** [dɪsˋmɪs] **v.** 解散

寫作運用

The subject of the briefing is plan B. I'll present plan B to you first. *The following departments have participated in plan B. Let us make a discussion on the budget of plan B. Does anybody have other questions?*

這次簡報的主題是關於 B 計畫。我將為各位介紹一下 B 計畫。參加 B 計畫的部門有以下幾個⋯⋯下面我們討論一下 B 計畫的預算。還有其他問題嗎？

 寫作閱讀要這樣用 *Writing X Reading*

» The subject of the briefing is plan B.
這次簡報的主題是關於 B 計畫。

» Please allow the manager to present plan B to us.
請經理為我們介紹一下 B 計畫。

» The following departments have *participated* in plan B.
參加 B 計畫的部門有以下幾個…。

» Let us have a *discussion* on the budget of plan B.
下面我們討論一下 B 計畫的預算。

» Does anybody have question about plan B?
大家對 B 計畫有什麼問題嗎？

» Is the preparation for plan B proceeding well?
B 計畫的準備工作進行得怎麼樣了？

» Does anybody want to make *suggestion* for plan B?
大家對 B 計畫有什麼建議？

» Does anybody have other *questions*? 還有其他問題嗎？

» Each department is required to submit a report on plan B after the meeting. 會議結束後請交一份 B 計畫的報告。

» I *declare* this meeting closed. 散會。

✎ 這些單字一定要會

* participate [pɑrˋtɪsəˏpet] **v.** 參與、參加 * suggestion [səgˋdʒɛstʃən] **n.** 建議

* discussion [dɪˋskʌʃən] **n.** 討論 * declare [dɪˋklɛr] **v.** 宣佈、聲明

場景 04 **產品介紹**

🌰 生活對話實境

> A: What is the best selling point of this product?
> 這項產品最大的賣點是什麼？
>
> B: The best selling point is that *it has more functions.*
> 最大的賣點是**有更多的功能**。

 日常口語就醬用 *Speaking X Listening*

情境	口語
» 這是我們公司推出的新產品。	This is our *newest* product.
» 這款產品非常容易攜帶。	This product is easy to carry.
» 這款產品採用了最先進的技術。	This product adopts the latest *technology*.
» 有更多的功能。	It has more *functions*.
» 適合所有消費者。	It is *suitable* for all people.
» 我們會提供配套的售後服務。	We will give you after-sale service.
» 可以使用很長時間。	It can be used for a long time.
» 新產品具有很強的市場競爭力。	This new product will sell well.
» 這款產品能創造大量的利潤。	This product can make a lot of money.
» 這個產品很便宜。	This product is cheap.

🐚 這些單字一定要會

* **newest** [njuɪst] **adj.** 最新的

* **technology** [tɛkˋnɑlɪdʒ] **adj.** 科技、技術

* **function** [ˋfʌŋkʃən] **n.** 功能

* **suitable** [ˋsutəbl] **adj.** 適當的、相配的

寫作運用

This isur newly released product. The latest technology is applied to this product. Its functions are enhanced, so *it is applicable to all the consumers.* In addition, *we will provide you with corresponding after-sale service.* Your satisfaction is our pleasure.

這是我們公司推出的新產品。這款產品採用了最先進的技術，有更多的功能，所以適合所有消費者。另外，我們會提供配套的售後服務。你們滿意是我們的榮幸。

寫作閱讀要這樣用 *Writing X Reading*

» This is our newly released product.
這是我們公司推出的新產品。

» This product has high **portability**. 這款產品非常容易攜帶。

» The latest technology is applied to this product.
這款產品採用了最先進的技術。

» Its functions are enhanced. 有更多的功能。

» It is applicable to all the consumers. 適合所有消費者。

» We will provide you with **corresponding** after-sale service.
我們會提供配套的售後服務。

» It is very durable. 可以使用很長時間。

» This new product is very **competitive**.
新產品具有很強的市場競爭力。

» This product can make good **economic** benefits.
這款產品能創造大量的利潤。

» This product is affordable. 這個產品很便宜。

⚙ 這些單字一定要會

* **portability** [ˌportəˈbɪlətɪ]
  n. 可攜帶性

* **competitive** [kəmˈpɛtətɪv]
  n. 有競爭力的

* **correspond** [ˌkɔrəˈspɑnd] **v.** 符合

* **economic** [ˌikəˈnɑmɪk] **adj.** 經濟的

場景 05 詢問報價

🔊 **Track 125**

🌥 生活對話實境

A: *Can it be a little cheaper?*
　能不能便宜點？

B: I am sorry. That is almost at cost price.
　很抱歉，這已經接近成本價了。

😮 日常口語就醬用 *Speaking X Listening*

情境	口語
» 請問售價多少？	How much is it?
» 這部份是多少？	What's the *price* for this part?
» 可以估個價嗎？	Can you give me a list?
» 成交。	*Deal*.
» 太貴了。	It's too *expensive*.
» 能不能便宜點？	Can it be a little cheaper?
» 我會大量採購。	I will buy a lot.
» 有打折嗎？	Is it on sale?
» 有沒有贈品？	Is there any gift?
» 這個數量要多少錢？	How much for this *amount*?

🐢 這些單字一定要會

* price [praɪs] **n.** 價錢
* deal [dil] **n.** 交易、成交
* expensive [ɪkˈspɛnsɪv] **adj.** 昂貴的
* amount [əmaʊnt] **n.** 數量

寫作運用

How much does it cost for this quantity? Can you give me a statement? How much does it cost? Could you give me a better price? Any discount on this one or *does it come with any free gift?* If you give me a good deal, *I will purchase more products.* Think about it!

這個數量要多少錢？可以估個價嗎？能不能便宜點？有打折嗎，還是**有沒有贈品？**如果你給我很棒的交易，**我會大量採購。** 好好想想吧！

 寫作閱讀要這樣用 *Writing X Reading*

» How much does it cost? 請問售價多少？

» How much does this part cost? 這部份是多少？

» Can you give me a *statement*? 可以估個價嗎？

» We strike a bargain. 成交。

» It costs too much. 太貴了。

» Could you give me a better price? 能不能便宜點？

» I will *purchase* a lot of products. 我會大量採購。

» Any discount on this one? 有打折嗎？

» Does it *come with* any free gift? 有沒有贈品？

» How much does it cost for this *quantity*? 這個數量要多少錢？

🐟 **這些單字一定要會**

* **statement** [ˋstetmənt] **n.** 項目表
* **come with** [kʌm wɪθ] **ph.** 伴隨
* **purchase** [ˋpɝtʃəs] **v.** 購買
* **quantity** [ˋkwɑntətɪ] **n.** 數量

語研力 E090

英文說寫課：
英文口說寫作表達大不同

作　　者	Brenda Kuo
顧　　問	曾文旭
出版總監	陳逸祺、耿文國
主　　編	陳蕙芳
執行編輯	翁芯琍
美術編輯	李依靜
法律顧問	北辰著作權事務所

印　　製	世和印製企業有限公司
初　　版	2023 年 11 月
出　　版	凱信企業集團 - 凱信企業管理顧問有限公司
電　　話	（02）2773-6566
傳　　真	（02）2778-1033
地　　址	106 台北市大安區忠孝東路四段 218 之 4 號 12 樓
信　　箱	kaihsinbooks@gmail.com

定　　價	新台幣 349 元 / 港幣 116 元
產品內容	1 書

總 經 銷	采舍國際有限公司
地　　址	235 新北市中和區中山路二段 366 巷 10 號 3 樓
電　　話	（02）8245-8786
傳　　真	（02）8245-8718

國家圖書館出版品預行編目資料

英語說寫課：英文口說寫作表達大不同／Brenda
Kuo 著. -- 初版. -- 臺北市：凱信企業集團凱信企業
管理顧問有限公司, 2023.11
　　面；　公分
ISBN 978-626-7354-12-4(平裝)

1.CST: 英語 2.CST: 讀本

805.18　　　　　　　　　　　　　112015805